文庫

回遊人

吉村萬壱

徳間書店

その日の夕方、私は妻子と共に近所のスーパーで買い物をしていた。調味料の棚から醤油のミニボトルを手に取ってカートの籠の中に入れようとすると、淑子（よしこ）は「ちょっと待って」と私の手からボトルを取り上げ、「醤油は家にあるのを分けてあげるから、また仕事場の空の容器を持って来て」と言ってそれを棚に戻したので私は憤然とした。何もわざわざ新しい醤油を買わなくても、家にある一リットル入りの醤油ボトルから空のミニボトルに取り分けた方が安上がりだという淑子の考えは分かる。しかし私は、小さな醤油ボトルぐらい自由に買ってもいいではないかという気持ちを、心の中からなかなか消し去れなかった。家計は私の作家収入だけで支えられている。親子三人暮らしていくのがカツカツの収入ではあるが、醤油のミニボトルは百十八円ぽっちだ。何なら今ここで自分の薄い財布の中から小銭を払ってもよいと悶々と考えながら、私は少し距離を保って妻子に随いて店内を歩き回った。

お菓子売場で、七歳になる浩が百四十八円の袋詰めの醤油煎餅をねだり、淑子は

「もうすぐ晩ご飯だから、食べるのは明日にするのよ」と言ってそれを無造作に買い物籠に入れた。その時、気のせいか私の方をチラッと見た浩の顔が「悪いね」とでも言うように勝ち誇っている気がして私は思わず目を剝いたが、浩の視線は私を通り越して別の棚のお菓子に注がれていた。私は暗に収入の低さを非難されているような気がして、ふと妻の横顔を見ると若い頃には見られなかった頬の辺りの肉の弛みが、私の要求を撥ね退ける要塞か何かのように見えて気持ちが沈んだ。

殆ど代わり映えのしないいつもの商品が入った籠をレジに通し、浩にも手伝わせながら親子でレジ袋に詰めていると「あら」と鳥の啼くような声がした。見るとどこかで見た若々しい顔が、淑子の顔を見て嬉しそうに笑っている。

「久し振り！　どうしてこんな所で買い物してるの？」淑子が訊いた。

「ううん。本当に偶然なの。主人が」と言い掛けて江藤亜美子は少し言い淀み「急に催しちゃって」と答えた。

「浩君、大きくなったわね！」

江藤亜美子の大きな目に見詰められた浩は咄嗟に淑子の腰にしがみ付いて顔を埋めたが、すぐに亜美子の顔を上目遣いに覗き返した。「まあ可愛い」と亜美子に言われ、再び淑子の体に顔を埋めては覗き見る事を繰り返す浩に、私は腹が立った。

「ああ。どうも、お久し振りです」

亜美子が私に向かってそう言った時、浩の顔が少し曇った気がした。

「専業作家になられたんですって？」

「はい」

「凄いわ」

「それがちっとも凄くないのよ」淑子が口を挟み「収入激減なのよ」と自嘲気味に顔を歪めた。一瞬のその顔は、三十四歳とは思えないほど年老いて見えた。大学時代からの親しい友達だからといって、この場でそんな事を暴露する必要があるのか。しかし亜美子は淑子の言葉を半ば無視して、艶の良い顔を私の方に向けた。Tシャツの上に薄い紺のカーディガンを羽織り、デニムのズボンにスリッポンというラフな恰好だが、店の蛍光灯の灯りを反射する頬骨のハイライトがロシア美人を思わせ、そういう事に疎い私にも手入れの行き届いた顔である事が分かる。

「『ブラック・キングダム』読みました」

「あ、どうも」

「とても面白かったです」

私は彼女からの更なる言葉を待ったが、聞こえてきたのはやたらボリュームの大きな店内放送だった。

「本日は御来店頂きまして誠に有難うございます。当店におきましては『五月の牛肉祭』と銘打ちまして、オーストラリア産OGビーフ、北米産フレッシュビーフなどの格安牛肉を多数取り揃えております。どうぞごゆっくり御買い回り下さいませ」「御買い回り」という表現が「市中引き回し」を連想させ、さっきまで妻子に随いて店内をぐるぐる回っていた自分の姿が思い出された。

「浩、お父さんと氷を取って来て」と淑子が言い、私はその言葉に半ば救われた。もう夕方で、スーパーから家までは肉が腐る距離ではなかったから、これは淑子が気を回したのである。私は淑子から浩の手を受け取り、父子揃って亜美子に頭を下げると製氷機の方へと歩いていった。

浩は氷をスコップでビニール袋に入れる作業が好きだった。私はビニール袋の束から一枚抜き取って口を広げ、浩がスコップでざくざくと氷を掬ってその中に落とし込んでいく。「もういい」と言っても、「あと一回だけ」と言って止めない。「もういい」と私はもう一度言ってビニール袋の口を結び始めた。浩はスコップで氷の山を掻き回し、「あと一回だけ」「あと一回だけ」と言いつのる。「止めなさい」と制すると、却ってむきになって数粒の氷が飛び出して床に跳ねた。「止めろと言ってるだろうが」

と私は語気を強めた。浩はスコップを氷に突き刺してぐるぐる回してから、投げ捨てるようにスコップから手を放した。スコップは紐にぶら下がり、製氷機に数回当たって静かになった。

ふと見ると、淑子と亜美子の姿がない。浩を連れて店の外に出ると駐輪場のそばに二人がいて、中年男を挟んで談笑していた。私はその時、淑子と亜美子との体の違いを改めて意識した。痩せて平板な淑子に比べて、亜美子は遠目にもめりはりのある肉感的な体付きをしている。

「江川（えがわ）です。お久し振りです」と私は淑子から重いレジ袋を受け取り、氷の袋を彼女に渡しながら男に挨拶した。

「こちらこそ、御無沙汰しております」亜美子の夫は大柄の亜美子より頭一つ分背が高く、胃の辺りからお腹が大きく前に迫り出していた。結婚式以来だったが、以前より数段巨大化した気がする。大手電器メーカーに勤務している筈で、私はこの夫婦が毎夜ニンニクの効いた分厚いステーキを食べ、今も激しい夜の営みをしているに違いないと思った。

「それじゃあ、またメールするね」と亜美子が淑子に言い、私の方をチラッと見て会釈したその一瞬の表情の中に何か読み取れないかと私は神経を集中させたが、その目は微かに焦点呆けして、異性を見る熱のようなものは全く感じられなかった。

駐車場の少し離れた場所に停めてある黒のＢＭＷに乗り込んで走り去っていく彼らを、私達家族はレジ袋を提げたまま手を振って見送った。

「『ブラック・キングダム』ですって」淑子が言った。

「ああ」

亜美子が言った『ブラック・キングダム』は別の作家のベストセラー小説であり、二年前に出した私の最新刊は『ブラッド・キング』というタイトルの純文学系の小説だった。確かに紛らわしく、時々間違えられる。

「読んでないわね彼女」

「ああ」

「元々本なんて余り読まないのよ彼女」

「お腹空いた」浩が言った。

「帰りましょう」

私が歩き出すと淑子が呼び止めた。「あなた、こっちよ」と言う。

「どうしてだ？　そっちは遠回りじゃないか」

「車で来たと言っちゃったのよ。歩いている所を見られたくないの」

「もう行っちゃったよ」

「いいからそうして。浩こっちよ」

スーパーの裏道を我々は帰った。お茶とミネラルウォーターの入ったレジ袋が指に食い込む。途中で淑子が口を開いた。

「亜美子の旦那さん、トウナン電器に引き抜かれたんですって。マンションを売って一戸建てを買ったそうよ」

「子供はいたっけな？」

「いないわ」

ＢＭＷの方へ歩いていく亜美子の安産型の腰が脳裏に甦った。胸も淑子の三倍はあろうかと思われ、淑子が板で出来た寝台だとすれば亜美子はふかふかの羽毛ベッドであろう。自分が関係を持った過去の女達が束になって掛かっても、亜美子一人の肉体に敵うまい。

「危ない！」

淑子が叫んで、浩の腕を引っ張った。後ろから一台のワゴン車が、住宅街の中の狭い道をかなりのスピードで走り抜けて行った。

「何よあれ！」と淑子がワゴン車に向かって叫んだ。浩のびっくりした顔が、やがて泣き顔に変わった。私は車に気付かなかったが、淑子が浩の腕を摑んだ瞬間は見た。その摑み方には、何か過剰な腹立ちのようなものが籠もっていた。浩は腕を押さえながら涙をこぼし、再び歩き出すまでに数分を要した。私はレジ袋を地面に置こうとしたが、そういう事を淑子が嫌がるのが分かっていたので我慢した。そして彼女の怒りの感情が全て私に向けられている気がして、さっさと夕飯を済ませて仕事場に逃げ込みたいと思った。

浩が早々に御馳走様をして、テレビの前で醬油煎餅を食べている。

淑子の料理はおしなべて薄味で、毎夕出てくる野菜の具が山になった味噌汁を浩は特に嫌がった。家族の健康を志向しながら、食後に醬油煎餅を食べる事を浩に許可するのはおかしいと言わざるを得ない。煙草で味覚音痴になっている私の舌は濃い味にしか反応せず、時々自分が口の中で何を嚙んでいるのか分からなくなって皿の中身を確認しなければならなかった。淑子はよくスマホでレシピを確認しながら料理するが、レシピ通りに作ると味が濃くなると言って調味料の分量を極端に減らし、そこにどっさり野菜を加えるので、出来上がった物は往々にして正体不明の代物になった。この日のメインである豆腐で作ったお好み焼き風の料理が出てきた時、私は大皿からはみ出したそれを見て、学生時代に吊革にぶら下がったまま電車の床に嘔吐した酔っ払いの、特大のゲロを思い出した。

「あなた、もう少し食べて」

浩が残した分を引き受けて食べていた淑子が、自分の皿からお好み焼き風豆腐焼きを箸で摘んで私の皿に移してきた。私は無言でそれを口に運びながら、浩の体で半分隠れたテレビ画面を眺めた。


夕食後に仕事場に出掛けて行く父親を、妻子は必ず玄関まで出てきて見送った。私は玄関の小さな窓際に置いてある干支の置物や神社の御札に仕事の成功を祈ってから、下着の替えの入ったレジ袋を淑子から受け取り「行ってくるよ」と言って家を出る。「行ってらっしゃい」と淑子が言い、それに重ねるように「ってらっしゃい」と浩が続けた。自転車に跨がり、一戸建てとは言え賃貸の草臥れた小さな家の玄関先で手を振る母子の姿を見る度に、生活の糧を私に頼るしかない彼らに対する憐憫(れんびん)の情が湧き、今夜こそ真剣に書こうという思いに押し潰されそうになる。

しかし自転車で坂道を上っている内に、これで思う存分煙草が吸えて酒が飲めるという解放感に思わず鼻歌が洩れるのが常だった。

仕事場は築七十五年の古民家で、家から自転車で一分の場所にある。古い農家で部屋は七つあり、家よりずっと広いが家賃は半額である。私は夜中に起き出して書いたりするため家族と生活リズムが合わず、一時は淑子との間が険悪になったが、近所にこの格安物件を見付けた事で問題は一気に解消した。この仕事場に寝泊まりして昼過ぎに起き、週に数日、夕食までの午後の時間を妻子と過ごす。

幼稚園を通り過ぎて狭い路地に入ると、すぐに仕事場だ。門を入って自転車を停める。狭いが、灯籠や岩などが置かれた雑草だらけの庭もある。玄関の引き戸を開けて土間に立つと、うっすらと煙草臭い。淑子には頑張って節煙している事になっているが、実際は依然日に三十本というペースは少しも減っていなかった。土間から台所に上がり、換気扇を回して煙草を一服する。頭がくらっとして、一人である事の喜びが体に満ちた。ガスコンロの横に、空の醤油のミニボトルが転がっている。

パソコンでメールをチェックすると「新世紀文學α」の編集者の中嶋祥子(なかじましょうこ)からの

着信があったので私は興奮した。案の定、先日送った小説の所見である。中嶋祥子は私より十歳若い三十四歳で、東大を出ている。メールには、この小説は背骨が弱い、かなり手を入れる必要があり、それは小さな手術では済まないだろうと書かれていた。来月号掲載が見送られたと分かり、私は唸り声を上げた。この三十枚の短編に、私は丸々一ヶ月を掛けた。にも拘わらず、当てにしていた原稿料が入らないのだ。淑子と浩の顔が浮かび、私はノートパソコンの蓋を叩き付けるように閉めると仰向けに寝転がった。

照明器具から垂れた長い紐が微かに揺れている。天井に、どこから入ったのかイチモンジセセリが一頭張り付いていた。ズボンのポケットに手を入れると、ミント菓子のタブレットのプラスチック容器に指が触れた。私はそれを構えて、じっと息を殺している蝶に狙いを定めた。もしこれが命中すれば、どこからか原稿料の穴を埋める仕事が舞い込んでくるから焦る必要はない。外れたら今すぐ書き直しに取り掛かろうと決めて、力一杯投げ付けた。手を離した瞬間に爪を引っ掛けたのが分かり、プラスチック容器はとんでもない方向へと飛んで、ガラス戸に当たって部屋の隅に落ちた。イチモンジセセリは平然としている。私はその場に立ち上がり、憎き標的を睨み付けた。よく見ると、尻が微かにひくひくと動いている。私は台所に行き、先端にガムテープの粘着面を取り付けた突っ張り棒を持ってきた。台所の窓ガラスに止まった蚊をしとめる手作りの「蚊殺し器」である。狙いを定めて至近距離まで迫り、一突きで蝶を圧殺する。粘着面を覗くと、蚊の黒い染みに囲まれてゆっくりと脚を畳んでいく腹の潰れたイチモンジセセリがいた。

曲がりなりにも仕止めた。これで何かの仕事が入ってくるかも知れないと思い、再びメールを開いてみたが、怪しいセールスのメールが一通届いているだけだった。

コーヒーを淹れ、書庫兼書斎の机に向かう。中嶋に送った小説をプリントアウトした物を読み直す。確かに彼女の指摘は当たっていて、これでは何を書いた事にもならないのだった。僅か三十枚すら読み通す事が出来ずに煙草ばかり吸っている内に、いつしか頭の中はデニムのズボンやカーディガンの胸で一杯になり、気が付くと和室のパソコンの前で「デカ尻」「巨乳」「ダイナマイトボディ」「輪姦」「スワップ」といったエロ動画を延々とネットサーフィンしていた。

やがて私は、以前からチェックしていた「熟女の品格」というデリヘルサイトに辿り着き、真剣に見入った。身長やスリーサイズ別にプロフィール写真が並び、近所にこんな飛び切りグラマラスな美女がいるのかと驚かされる。中でも「まあこ」という名の女が最も彼女に似ていた。出勤状況を見ると、朝の四時まで待機していて今は空いている。時計を見ると既に夜中の一時を回っていて、淑子と浩は確実に眠っている時間だ。九十分一万三千円プラスホテル代は、もう何ヶ月も前から本棚の『碧巌録』の箱の中に隠してあった。

こういう場合に最も必要な性衝動は夕方のスーパーの御陰で充分な高まりに達していて、何よりこれは取材の一環であり、イチモンジセセリの死がもたらすであろう新しい仕事へと連なるものだというエクスキューズが頭の中を駆け巡った。

初めて「熟女の品格」に電話を掛けると、丁寧な物言いをする男性が対応し、好みを訊いてきたので迷わず「まあこさんをお願いします」と言った。「良い子ですよ」と男は言った。しかし話が進むと、携帯電話の番号が必要だと言う。淑子といる時にデリヘルから電話が掛かって来る事を恐れ、固定電話しかないと私が言うと、それではサービスを提供出来ないと言う。私は、後でイチモンジセセリを踏み潰そうと思った。ところが「ちょっとお待ち下さい」と言われて暫く待った後「固定電話でも大丈夫です」という話になった。システムがよく分からなかったが「今後そちらから固定電話にセールスの電話が掛かってくるような事はありませんか？」と訊くと、それは決してないと言う。三十分後に指定されたホテル「柔らかな森」の駐車場で落ち合う事になった。

バイクを押して車道まで出て、幼稚園の横でエンジンを掛けた。久し振りに動かす上に冷えていてなかなか掛からなかったが、深夜の国道に出て高架を下ると、快調な音を響かせて滑るように走った。私はフルスロットルで一路「柔らかな森」を目指しながら、夜空に向かって何度も「亜美子！」と叫んだ。

駐車場に入って来た車を降り立ったままあこの顔を見た瞬間、サイトの中の彼女の顔写真の記憶が瞬時に上書きされて全く思い出せなくなった。まあこと名乗るその女は間違いなく私より年上で、スーパーで普通に買い物している中年女達を一旦肉団子にしてから人数分に切り分けたような、生活に疲れた実に平均的な一人の主婦でしかなかった。

「まあこです。御指名有難う」

「今晩は」

先に立って歩くまあこの尻は悲しいほど小振りで、部屋に入り、私の後から風呂場に入ってきた彼女の、その冷えた肉まんを押し潰したような張りのない乳房を目にした時、私は激しい後悔の念に苛まれ、前払いで巻き上げられた一万三千円の価値をどこに求めたらよいのか途方に暮れた。

結果的にまあこは職務に忠実な真面目な女ではあったが、それ以上の何者でもなかった。途中で中折れして全く役に立たなくなった私の物を、彼女はローションを使って二十分以上上手でしごき続けた。右手が疲れると左手を使い、また右手に戻した。私がデニムのズボンの尻をイメージしながら漸く(ようや)イッた時、彼女は顎を二重にして満足げな笑顔を見せた。その顔は、壁を塗り終えた左官や家を建て終えた大工を思わせた。ホテル代四千円余りを支払い、部屋を出て迎えの車に乗り込んで走り去ったまあこを見送った私は、仕事場に戻って「蚊殺し器」にへばり付いたイチモンジセセリを剝ぎ取って灰皿の上に移し、ライターで炭になるまで焼き殺そうと心に決めた。

6

翌日、昼過ぎに目覚め、台所で遅い朝食を作って食べた。いつもの習慣で目玉焼きに醤油を垂らそうと手に取ったミニボトルの余りの軽さに、私は恐ろしいほどの腹立ちを覚えた。皿からミックスベジタブルのコーンが一粒床に落ちて行方が分からなくなり、口にしたコーヒーは熱過ぎた。それだけの事で人生を恨む気持ちで頭が一杯になる。煙草は不味く、灰皿の中の真っ黒なイチモンジセセリに吸い殻を押し付けると、指にカリッと炭が崩れる嫌な感触があった。どうしてこんなに腹が立つのか分からない。その内に、短編小説に対する中嶋祥子の駄目出しや、夕べ失った一万七千三百二十円の損失といった事以上に、もっと根本的な問題に向き合わざるを得なくなった。

私は書けなくなっているのだ。

作家デビューして六年、専業作家になって二年になる。今回の短編小説は、文芸誌に書いた久し振りの作品で、この一年近くずっと書き下ろしエンターテインメント長編に取り組んでいたが、これも二ヶ月前に挫折していた。その間私は、『ブラッド・キング』の文庫化の印税やエッセイの原稿料、講演料などで細々と生活費を稼ぎ、小説は一年以上発表していない。中嶋祥子の駄目出しは、私の小説の行き詰まりに引導を渡したに等しかった。確かに、高が三十枚の短編に丸々一ヶ月を要する事自体深い迷いを物語っている。何を書くべきかもどう書くべきかも分からないまま私は一ヶ月間パソコンにしがみ付き、結局小説の書き方を思い出せなかったのである。

私は焦げた食パンをかじって、灰皿の中の炭の屍骸(しがい)の粉を眺めた。

直接のきっかけは、矢張り書き下ろし長編の失敗にあったろう。一年近く掛かり切りで頑張ったが、最終的に編集会議で没になった。私はあの時、ずっと伴走してくれた徳川出版の担当の芳賀一郎(はがいちろう)と場末の居酒屋で自棄酒(やけざけ)を飲んだ。

「私の力不足で、江川さんの文学の魅力を充分に引き出せなくて済みません」

芳賀はそう言って頭を下げた。高齢化社会を当て込んだ老人小説だったが、私の耳には最後まで自分が描く老人達の願いや祈りの声が聞こえず、彼らの本当の姿も見えてこなかった。焦りから、淑子に許しを得て関連本を沢山買い込んで勉強もしたが、どの本にも答えなど書かれている筈がなかった。

「なあに、私は諦めが悪いのでいつか又再挑戦します。その時は宜しくお願いしますよ」と私は答えた。

「喜んで」と笑う芳賀と、私は何度目かの乾杯をした。

その時点では、私はまだ自分がどういう状態なのか精確に把握出来ていなかったに違いない。今にして思えば、この長編の失敗は書けなくなった事のきっかけではなく、結果だったのだ。会社を辞めて専業作家になった二年前から、既にその兆候はあった。

工作機械の営業マンという仕事に飽き飽きしていた私は、『ブラッド・キング』の出版をきっかけに退職を決めた。浩は小学校に上がる直前で、これからお金が掛かるのは分かっていたが、淑子は一晩考えてから「あなたのしたいようにして」と言った。

「書きたいものを書くよ」

「ええ」

「貧乏する事になるぞ」

「覚悟は出来たわ」

「今にベストセラー作家になる」と私は笑ったが、淑子は口元を少し綻ばせただけで目は遠くを見ていた。

始めこそ『ブラッド・キング』が版を重ねて順調に滑り出したかに見えたが、忽ち収入は滞りがちになった。会社を辞めたら幾らでも書く時間がある筈だったが、僅かな時間の中で書けていたものが、有り余る時間の中で見えなくなっていった。一つの文章が自動的に次の文章を呼び込み、幾らでも書き進められたデビュー当時の自然な筆の運びは消え、一文を捻り出す度に、ここはどこだろうかときょろきょろしなければならないような書き方では、作品に勢いなど出る道理がなかった。何故筆に勢いがなくなったのかは分からない。一時的なスランプだと思っていたが、そうではなかった。やがて貯金の切り崩しを余儀なくされ、起死回生のベストセラーと当て込んで書いた老人小説が頓挫し、筆一本で家計を支えていかなければという重圧の中で私は益々書けなくなっていく。そして今回の短編の没である。

頭の中に、昨夜の酒が残っていた。

私はキーボードを打ち始めた。初心に帰る事を念頭に置きながら、「その女はこけし職人のように私の一物を延々としごいた」と書いた。

悪くないと思った。昔の匂いがする。この一文が私の窮状を救う事になるかも知れない気がして、一気に五枚書いてみようと決意した。この五枚が書けたら、一気呵成に三十枚を書き上げられるという根拠なき自信が胸に満ちた。それを中嶋に叩き付けてやる。今ならまだ来月号の校了に滑り込みで間に合うかも知れない。もし間に合えば一万七千三百二十円は寧ろ安い投資だった事になるではないか。

その時携帯電話が鳴った。

「もしもし。何だ?」

淑子だった。

「今日は脇田診療所に行く日じゃない。ずっと待ってるのよ」

この日は三週間に一度、二人で漢方医に診察して貰う日だった。私は書き上げた一行を保存し、パソコンをシャットダウンした。苛々したと同時にホッとした。その一行が引っ張ってくる筈の次の文章が、頭の中に一向に現れてこなかったからである。

◼

自転車で家に戻ると、白い鍔広帽子を被った淑子が暑い日差しの中、玄関の外に立っていた。まだ五月半ばだが、最高気温は摂氏二十八度になるとラジオは伝えていた。自転車のスタンドを立てると、アスファルトの上に下半身だけになったカナヘビがへばり付いていて、盛んに蟻にたかられていた。

我々は無言で歩き出した。

県道に出ると、湾岸工業地帯に向かうダンプカーの列から排気ガスを浴びた淑子が、わざとらしく咳き込んだ。私は彼女に言った。

「もう脇田診療所はいいよ」

淑子は咳を続ける。

「漢方薬は別に飲まなくても大丈夫だと思うんだが」

私は脇田医師に喉の違和感や背中の痛みを訴えて漢方薬を処方されていたが、特に目立った改善は見られなかった。淑子には数年前からの原因不明の慢性腰痛がある。

「脇田医師は変人だよ」

「癌にならない体を作ってくれようとしているのよ」

「漢方薬は高いよ。淑子の腰だけ診て貰えばいいじゃないか」

半年前、バイクで転倒して石垣と車体の間に足を挟み、真皮に至る裂傷を負って別の外科漢方クリニックにかかった時、私が提示した漢方薬を見てその医者は驚き、「漢方の教科書からすると、とんでもない薬の出し方をしていますね脇田さんは」と、半ば馬鹿にしたように言ったその顔が忘れられない。その事を淑子に伝えると「脇田さんは天才なのよ」と、びっくりするような答えが返ってきた。確かに複数の整形外科医が治せなかった彼女の腰痛の症状が脇田診療所に通い出して目に見えて軽減したのは事実であったが、私はそこに脇田医師に対する彼女の盲信を感じていた。何か精神的に頼るものを欲していた彼女の信仰の対象として、脇田という変人の医者が選ばれたのである。

待合に何人かの母子や初老の女が待っていて、受付の奥では漢方薬を計量して袋に詰める機械が単調な音を立てていた。漢方薬の陳列棚の上に置かれた年代物の薬研（やげん）を見上げながら、浩が生まれて以降淑子の秘部を見た事があったろうかとぼんやり思い巡らせていると番号を呼ばれた。

二人で診察室に入る。我々を迎える脇田医師の表情や態度は、いつ見ても少しも変わらない。その変わらなさに接する度に、淑子の目元が緩んで穏やかさを取り戻すのを私は見る。まず私が型通りの問診を受け、手首の脈を触診された。脇田医師は二秒しか脈を診ない。たったそれだけでは一回しか打たないではないかと思うが、脇田医師はメタボの腹を擦りながら一瞬天を仰いだかと思うと「薬はこのままでいきましょう」と言いながら、ガムテープを巻いた万年筆でカルテに何か書き込んだ。続いて「主人はこれを食べているんですが」と淑子に干しぶどうの袋を差し出され、その袋に手を置いて「うーむ」と唸っている。私が小説を書く時に摘んでいる物で、以前から淑子に「ドライフルーツは体に良くないわ」と注意を受けていた。すると脇田医師は、抽斗(ひきだし)から先端に金属の球が付いた見るからに怪しげな棒をおもむろに取り出した。それを干しぶどうの袋の上に翳すと忽ち球が震え始めた。「見て下さい。揺れてるでしょ」と言う。「はい」淑子が嬉しそうに答える。「球が揺れるという事は、この干しぶどうには有害な黴(かび)が含まれているという事です」と言うが早いか、脇田医師は空っぽの抽斗に棒を投げ込んで二重顎を膨らませた。その顔が余りに昨夜のまあこにそっくりだったので、私は思わず手で口を塞いだ。


「手首ごと揺れてたぞ」

帰り道、私は淑子に言った。

「あれは絶対に自分で揺らしていたな」

淑子が立ち止まり、私に向き直った。

「どうしてそうケチばかり付けるのよ」

「だってお前、どう見てもあれはわざと揺すってたじゃないか」

「いいのよそんな事は」

「何がいいんだ？」

「私が信じてるんだから、その事を認めてくれてもいいんじゃないの？」

淑子は、腰に手を当てながら再び歩き出した。心持ち、足を引き摺っているようにも見える。淑子には、どこか無意識に演技をするようなところがあり、本人にその自覚があるかどうかは分からないが、傍から見るとわざとらしく思える時がある。脇田医師は、彼女の腰痛はストレスが原因と診ている。彼女は今足を引き摺りながら、「あなたのせいでストレスが溜まったわ」と告げている。レントゲンを撮っても異常なしと診断されるだけの彼女の腰痛を、精神的な要因と絡めて認めてくれるのは彼女にとって今のところ脇田医師だけなのだ。

「昨日、中嶋からメールがあった。『新世紀』の短編は駄目だったよ」と、私は言った。数秒間の間を置いてから、淑子は「書き直しするの？」と訊いてきた。その間は、算盤の得意な彼女が頭の中で素早く来月分の生活費の計算をするのに充分な時間だと察しが付いた。

「いや、全没だ」

「そうなの」

「済まん」

「謝る事ないわ」と彼女は言い、私の顔を見て「お疲れ様でした」と頭を下げた。淑子は私の無駄遣いや不摂生について小言は言うが、仕事に関しては一言も文句を言わない。デビュー当時の喧嘩が嘘のようだ。専業作家になって以降私がろくに小説を書けていない事についても、彼女に何か言われた覚えは一切なかった。それは彼女の言う「覚悟」の表れであったに違いない。

「来月の生活費はどうするんだ?」

「何とか遣り繰りするわ」

「どうせ貯金を切り崩すんだろ?」

私は汗ばんだ顔を掌で擦り、足を引き摺りたいのはこっちの方だと心の中で毒づきながら、淑子の貧相な後ろ姿に随き従った。

淑子が、我々が「お化けアパート」と呼ぶ建物の前を通り過ぎて行く。

歩道に面したこの建物は今にも倒壊しそうな二階建てアパートで、歩道から数メートル低い場所に建っていた。一番端の部屋の窓からは枯れた蔓草が溢れ出し、それは一階部分へと垂れ下がっていて、とても人が住むような場所とは思えない。しかし住人はいて、歩道を往く歩行者の視線と二階の窓とが同じ高さにある為、窓が開いている時には二階の部屋の住人の様子が窺える事があった。私と淑子は或る日、うっかり二階に住む老婆の姿を見てしまった事がある。

「見た？」

「ああ」

大の字になって畳に寝る老婆はどういう理由からか、パンツを穿いていなかった。

「死んでない？」

「大丈夫だ。腹が動いていた」

それ以来、私はその時に淑子がふと漏らした言葉を、この前を通る度に思い出すのである。

「貧乏の、成れの果てね」

家に戻り、テレビを眺めながら二人で冷たい茶を啜っていると、家の外の道が子供達の声で賑やかになり、やがて玄関から浩が飛び込んで来た。

「ただ今」

「お帰り」「お帰り」

友達とふざけながら帰って来たのだろう、息が上がって顔が紅潮している。私などより余程豊かな外の世界の空気を吸ってきた顔である。今は小学二年生だがすぐに中学生高校生となって身長も伸び、髭も生えてくる。そんな成長した浩と向かい合う初老の自分を想像して、私は一瞬空恐ろしくなった。それは彼が変わってしまうからではなく、体は成長しても、心は変わらないのが何となく分かるからだった。変わらない人間は強い。私には、そんな確固たる自分はない。専業作家になったばかりの時、決意表明のエッセイを求められて新聞に書いた「書かない小説家は小説家ではない」という不遜な言葉が甦る。だとすれば、今の私は一体何なのか。

「今日は何をした？」と訊くと浩は「若松くんのスマホでゲームした」と言い残して洗面所に駆けて行ったと思うとすぐに舞い戻って来て、淑子が出した饅頭を頬張りながら「学習ノートがなくなった」と言う。

「見せて」と淑子が言い、ランドセルから取り出された算数ノートを覗き込むと、確かに最後のページまで下手なアラビア数字で埋め尽くされ、裏表紙の余白にまではみ出している。

「あなた、一緒に新しいノートを買って来てくれない？」

その瞬間、浩と出掛ける事によって消えてしまうであろう時間が致命的な損失に思えた。私はこの日夕食前の時間を一人喫茶店で過ごしながら、今後の作家としての態勢の立て直しについて熟考する予定でいた。家では禁止されている煙草を、気兼ねなく吸いたくもあった。一杯四百円のアイスコーヒーなら、最低二時間は粘りたい。浩と買い物などに行けば、その為の充分な時間は確保出来なくなってしまう。

「困ったな。急ぎの仕事があるんだが」

「そうなの」

「一人で行かせたらいいじゃないか」

「駄目よ、交通量が多いのよ。スーパーに行く時間、どうしても取れないの？」

「お前が行ってやれよ」

「腰が痛いのよ」

「短編が没になったんだぞ」

「分かってるわ」

「分かってないじゃないか」

その時、社長の豪邸を訪ねる俗悪番組の、「このソファだけで五百万円するんですよ皆さん！」という落ち目のタレントの甲高い声が耳に突き刺さった。私は浩に向かって、「浩、明日は算数の授業があるのか？」と訊いた。

「ないよ」

「じゃあ、買うのは明日でいいな」

「いいよ」

私は淑子に、勝ち誇ったように頷いて見せた。

「浩、算数の宿題はないの？」と、今度は淑子が浩に訊いた。

「あるよ」

「じゃあノートが要るでしょうが？」

「要るよ」

私が浩はひょっとして馬鹿なのではないかと思う時は、こういう時である。そしてそれは、浩の強さでもあった。

少しでも近場で済まそうと、浩を連れてスーパーとは反対方向のコンビニに行った。ノートの値段は割高だった。帰ろうとすると、店内にどやどやと数人の浩の友達が入って来た。彼等が揃ってアイスキャンディーを買い求めたので、浩にも買ってやらないわけにはいかなくなった。浩が友達と談笑している間、私は煙草を二本吸った。喫茶店に行く予定は、これでほぼ潰えたと思った。

家の前まで戻った時、私は浩に「アイスキャンディーの事はお母さんには内緒だぞ」と釘を刺した。「分かった」と答えた浩の髪の毛を掻き回すように撫でると、自分がまともな父親になった気がして無性に可愛さが込み上げた。家の中では腰痛を押して、淑子が夕飯の支度をしている筈である。親子三人が普通に暮らしていけるだけの収入を筆一本で何としてでも稼ぎ出す事を、私は改めて心に誓った。

「浩」

「何？」

「お父さんの事が好きか？」

浩が平然と「別に」と答えた瞬間、私の小鼻は不随意的に痙攣した。浩が馬鹿であるという可能性を、私はうっかり忘れていた。自分の言葉が相手にどういう反応を齎(もたら)すのか、浩には分っていないようなのである。私は浩の後頭部に手を添えて、家に入るように言いながら軽く突き飛ばすと、浩はアオサギのような声を上げた。自転車に跨って一路喫茶店に向けてペダルを漕ぐ。ひょっとしたら、密かに目を付けているあの女が今日も来ているかも知れない。その女はどことなく江藤亜美子に似ていて、新しい小説へのインスピレーションを刺激してくれるに違いなかった。

結局、夕方になると時々仕事帰りに煙草を吸いに来るあの女は来なかった。いつの頃からか、小一時間ほどの間に最低で六本は吸う彼女と、こっそり煙草の本数を競い合うのが私の密かな楽しみになっている。淑子よりは確実に年上で、眉間に皺を寄せて首を回す癖があった。きっと肩が凝っているに違いないと踏んで私は彼女のテーブルに近付き、「一つ肩でも御揉みしましょうか？」と話し掛ける。すると彼女は「え？お願いしても宜しいんですの？」と答えて私を横に座らせ、スーツの上着を脱いで体を預けてくる。私は肩を揉む手を徐々に胸の方へと巡らせて豊かな乳房を揉みしだく、という空想を何度繰り返した事か。

携帯電話の呼び出し音が、静かな喫茶店に鳴り響いた。弟の誠司（せいじ）からだった。

「姉さんが腰痛だ」と言う。

「酷いのか？」

「いつもと同じだよ。もう一度、脇田診療所に連れて行ったから」

誠司は、ここから二駅の場所にデザイン事務所を構えて仕事をしている。急な腰痛に見舞われた時、淑子は私と違って車を持っている誠司に連絡し、脇田診療所に連れて行って貰うのが慣例になっている。

「済まんな、いつも」

浩には何か食べさせておくから、兄貴は外で食事を済ませてきてくれと言われ、私は早速好物のオムライスを注文した。

湯気の立つオムライスの皮にスプーンで穴を開け、その裂け目から中のチキンライスを穿り出して食べる。フニャフニャになった玉子の皮を一番最後に食べるのは行儀が悪いとよく母親から注意されたが、結局この癖は直らなかった。子供心にこの食べ方にどこかゾクゾクするものを感じていて、その原初的な感覚をなぞりながら食べ終えた。立て続けに煙草を吸い、作家としてのこの先の方向性についての考察を日記帳に綴る。

　夜になってから、家に戻った。

　鍵を開けて中に入ると、リビングに敷かれた布団に、淑子が向こう向きに寝ていた。寝室は二階だから、これはトイレその他を考慮した処置である。きつい腰痛の時、淑子は決まって一階に寝る。

「何か食べたのか？」と訊くと首を横に振り、お粥を作ろうかと訊いても要らないと言う。薄暗いリビングのテーブルでノートを広げたが、書く事など何もない。二階に上がり、浩が撥ね退けた布団を整え、一応私の部屋という事になっている何もない部屋で文庫本を広げたが数頁読んだだけで放り出し、窓を開けてこっそり煙草を吸った。

　寝転がってぼんやりしていると、昔の事が思い出された。

　淑子とは十年前に知り合い、結婚した。

　彼女は取引先の町工場の事務職員で、取り立てて魅力的なところのない目立たない女だったが、商談の合間のちょっとした時間に言葉を交わす機会が何度かあり、文学好きと分かって興味が湧いた。食事に行こうと声を掛けると二つ返事でオーケーし、食後に居酒屋に誘うと下戸だった。下ネタに対する反応は鈍く、何度目かの食事で私が少し退屈しているのが分かると、今度友達を連れてくると言い出した。こちらも何人か連れて行き、合コンのような恰好になった。その中に亜美子もいて、私が亜美子との仲を取り持ってくれるよう持ち掛けると、淑子は快く引き受けた。その後淑子に結果を訊くと、亜美子は友達からなら別に構わないと言っているという。私は「友達から」という言葉が嫌いで、複雑な気持ちがした。すると淑子が小さな包みを差し出した。その日はバレンタインデーの二日後だった。彼女は嫌がったがその場で包みを開けると、どのスーパーにも置いてあるような安物のチョコにカードが添えてあり、手書きの文字で「ＬＯＶＥ」と書かれていた。「僕の事が好きなのか？」と訊くと黙って頷き、「自分の気持ちを伝えたかっただけだから気にしないで下さい」と言った。当時三十四歳の私は激しく女の体を求めていて、「友達からなら」と言いそうになったのを慌てて呑み込み、駅前ロータリーのベンチに座って彼女の肩を抱き寄せた。付き合ってみると、淑子はとても平板な体付きではあったが、薄い皮下脂肪が思いの外柔らかく、私がイカせようとする努力に応じて、脚をコンパスのように突っ張って盛んに開閉させる様子が健気に思えた。

初めて一緒に一泊旅行した時、旅館の孫娘がロビーを走り回っていた。まだ小学校に上がらないぐらいの娘でとても愛くるしく、私はじっと眺めながら「可愛いな」と口に出した。夕食が終わって淑子がふさぎ込んでいるので理由を訊くと「私は可愛くないから」と言って目に涙を溜めている。不器用なほど真面目で、必要以上に自分を責めるところもあったが、「おい」と声を掛けると「何でっか？」などと急におどけるようなところもあり、そのギャップが楽しかった。

過去の女性経験から、結婚するつもりのない女と付き合うと、最終的に逃れられない窮地に追い込まれる事が分かっていたので、私は自分が淑子と結婚するつもりがあるかどうかを絶えず自問し続けた。そして、私のような浮ついた人間には、彼女のようにしっかりと地に足の着いた伴侶が相応しいという結論に達し、二つの条件を呑む事を要求した上で将来の結婚を約束した。彼女はとても喜んだ。私も幸せな気分になったが、心のどこかに、全てをご破算にしたいという破壊欲求がくすぶっている事にも気付いていた。それは「書く」という営みに関係していた。私にとって書く事は、平和な日常の皮膜を破って、オムライスのように、その傷口から隠れた中身をほじくり出す事を意味した。誠司と三人で旅行した際、誠司に気を遣い過ぎた淑子が私を除け者にしたように感じてプチ家出を敢行し、電話口で彼女を泣かせた時、私は密かに自分の先見の明に満足した。せめてこれぐらいの破壊活動が許されるのでなければ、小説のネタなどすぐに尽きてしまうに違いない。

いつの間にか眠っていて、ふと胸騒ぎがして目が覚めた。

寝室の浩は規則正しい寝息を立てていた。

階下に下りると、淑子が「おしっこがしたい」と言った。

「立てるか?」

彼女は首を横に振り、「物置の左の上の方にアレがあるから」と言う。

私はピンと来て、物置からアレを取ってくる。腰の下にゴミ袋を宛がい、私から手渡された尿瓶の位置を毛布の下で調整する淑子の姿を、私は突っ立ったまま眺めた。

やがてチョロチョロという水音が聞こえ始め、それが勢いのある太い音となって泡立ち、最後に数回搾り出されて静かになった。私は彼女から尿瓶を受け取り、中身を便器に捨てて洗面所で濯ぎ、彼女の枕元に敷いた新聞紙の上にそっと置いた。

気が付くと淑子が細い声を上げていて、見ると唇を噛んで涙を流している。

「そんなに痛いのか?」と訊くと「とても気を付けてきたんだけどなあ……」と答えた。

尿瓶を必要とするほどの腰痛は、脇田医師に掛かってからのこの一年間には見られなかったものである。買い物も極力自転車ではなくウォーキングにして一日六千歩を歩き、毎日腰痛体操をし、脇田医師の許可する食べ物以外は一切口にせず、決して安くない漢方薬を真面目に飲み続けてきたにも拘わらず、結局その努力は無駄だったのではないかという挫折感が彼女を打ちのめしているらしかった。

「仕事場に行っていいよ」と言う彼女の一言に、煙草が吸いたい私は救われた。さっきは気が付かなかったが、玄関の板間に、私がいつも仕事場に持って行く下着を入れたレジ袋が置かれていた。その小さな袋を見る度に、私の仕事に対する淑子の祈りのようなものを感じる。それにしても、シャツとパンツと靴下が入ったその袋はいつにも増してとても小さく見え、どうしてこんなに小さいのかと思うと寂しくなった。最低でもちゃんとした短編小説を書いて金に替えなければ、その内にこの下着の袋はどんどん小さくなり、いずれ消えてなくなってしまうのではないかという気がして怖くなった。

翌日、仕事場の郵便受けに新世紀出版から封書が届いた。文庫増刷の知らせかと期待して開封するとデビュー作『轟沈』の文庫を絶版にするという内容で、私はその事務的な文書を封書ごとビリビリに破り捨てると執筆用のパソコンにしがみ付いた。月末であり、もう煙草銭すら心許ない。「新世紀文學α」に新しく送る筈だった短編小説も間に合いそうもなく、それどころかアイデアの欠片すらない。焦れば焦るほど頭の中は真っ白になり、淑子の様子を見に行ってやらねばと思いつつ昼間から焼酎を飲み始め、気が付くと三杯目を飲み干し、喉が痛くなるほど煙草を吸いながらエロサイトにうつつを抜かす始末だった。

布団に横になり、ズボンを下ろしてオナニーをしている最中に眠ってしまい、亜美子に「君の裸体さえ見せてくれたら書ける。頼むから脱いでくれ」と懇願している夢を見ている最中に、脇田診療所の漢方薬を袋詰めする機械の音が聞こえてきて、待合で隣に腰掛けている淑子が「亜美子に何を頼んでいるの？」と訊いてきたので私は飛び起きた。機械の音はまだ続いていて、ハッとして見ると庭に面した窓の外に小さな人影がある。浩が窓ガラスを叩いているのだった。私は慌てて一物をパンツに押し込み、ズボンを上げると起き上がって窓を開けた。腕時計を見るともう四時半である。

「何だ。用があるならまず電話しろと言ってあるだろうが」

「お母ちゃんが」

「お母ちゃんがどうした？」

「お母ちゃんが」

「何だ？　死んだのか?!　ちゃんと説明しろ馬鹿」

浩を自転車の荷台に乗せて家に戻ると、布団に寝ている淑子が私に向かって「御免なさい」と言ったので私は一先（ひとま）ず安堵した。そして異様な臭いに気付いた。布団とカーペットが広範囲に濡れていて、部屋の隅に尿瓶が転がっている。

「浩に頼んだら重過ぎたみたいで、ぶちまけちゃったのよ」

「どうして電話しなかったんだ?!」

「仕事の邪魔になると思って」

「いつもは些細な事で電話してくるじゃないか!」

「あなたが苦しんでいるみたいだったから」

「浩、洗面所の棚からタオルを全部持って来い」

一通り拭き取って水拭きを繰り返したが、臭いはなかなか取れなかった。

淑子は昔から変に気を遣い過ぎるところがあり、それが私の神経を逆撫でする事が間々あった。しかしそれは彼女の善意から出たものであり、どこまでいっても間違っていないからこそ余計に苛々するのである。

「何か食べたのか?」

「いいえ」

「じゃあ昨日から何も食べてないのか?」

淑子が頷く。

「お前、死にたいのか?」

「これがあれば当分は死なないわ」

彼女は枕元の、誠司が買ったスポーツドリンクを指差した。それは、私ではなく弟のお蔭で自分は生き延びていると言っているに等しい気がした。

「これからもせいぜい誠司の世話になるがいいさ」

「あなた何を言ってるの？　嗚呼、痛い！」

淑子が芋虫のように体を曲げる。その時突然浩が私に体当たりしてきて「お母ちゃんを苛めるな！」と言った。明らかにアニメかテレビドラマのワンシーンを模したものに違いなく、母子揃ってこっそり劇団を作って毎日練習しているのかという考えが頭を過ぎった。

「待ってろ」

私はバイクを飛ばして、スーパーに行った。そして消臭剤や、淑子が食べられそうなお粥やプリン、醬油煎餅、冷凍のオニオンリング、そしてスポーツドリンクの六本入りの箱等を買った。詰まらない商売女を買う事に比べたら、遥かに意味のある買い物である。

その日は午後十時頃まで家にいて、私は何とか淑子に少しの野菜スープとお粥を食べさせる事に成功した。食べたくない人間に物を食べさせるというのは極めて忍耐の要る業であり、私は爆発しそうになるのを何度も堪えなければならなかった。最終的に彼女は私に「有難う」と言った。

家を出る時、私は窓際の干支の置物や神社の御札に手を合わせてから、自分で詰めた小さなレジ袋を持って「行ってくるよ」と言った。布団の中から私を見て淑子が「行ってらっしゃい」と言い、板間に立っていた眠そうな浩が「ってらっしゃい」と言った。玄関扉を閉めて施錠した時、ふと淑子と浩はこの先どうなるのだろうかと思った。

私は仕事場に戻ると、立て続けに煙草を吸い、焼酎を四杯飲み干した。既に決意は出来ていた。

⑤

次の日、私はプチ家出をした。

敢えて腰痛の淑子を残して行くところに、文学的背徳を感じる。

玄関に「しばらくの間雲隠れいたします」という、昔淑子と山陰に旅行した時に土産に買った木の札をぶら下げ、携帯電話を置いて自転車で仕事場を出た。淑子と結婚する時、私は彼女に二つの要求を呑ませた。一つは煙草を止めない事、もう一つは衝動的に旅に出る事である。

昔私がプチ家出した時淑子は泣いたが、今はちょっと家を留守にしたからと言って泣く事はないだろう。

そんな事より、再びちゃんとした小説が書けるかどうかが焦眉の急である。それは生活費の為というより、実存に関わる問題だった。前回の家出は、淑子が私の弟と親し過ぎるのではないかという誤解が主な理由だったが、今回は小説家としての自分を見つめ直す旅である。しかし行き先は変わらない。

電車に二十分ほど揺られ、「縄首(なわくび)」駅で私は下車した。ホームに降り立った途端、この町独特の匂いに懐かしさが込み上げた。ここはデビュー作の舞台にもなった肉体労働者の町であり、一泊千円ほどの格安旅館が建ち並んでいる。私はここに来ると必ず立ち寄る喫茶店「瓦ナイト」の扉を潜り、一杯三百円のアイスコーヒーを注文した。

「瓦ナイト」の客筋は昔と全く変わらない。労働者風の男達が、秘密文書でも読むようにスポーツ新聞や週刊誌に顔を埋めている。気が付くと石臼でも回すようなゴリゴリという嫌な音が耳に付いた。見ると入って来たばかりの二人連れの一人が、盛んに顎を動かしている。歯軋りをしているのである。もう一人の禿頭の方はそれが少しも気にならない様子で、平然としていた。歯軋りは間断なく店中に響き渡ったが客の誰も顔を上げず、店員も知らぬ振りである。私は益々大きく歯を鳴らすその男を、憎々しげに睨み付けた。男はドングリ眼をギョロリと剝いていたが、我々の視線は微妙に交わらなかった。

「おい、迷惑なんだよその歯軋り！」と、私は心の中で叫んだ。そして「小説ノート」に「社会的害毒に対して声を上げない罪」と書き記した。私は、この三十枚の薄いノートを文字で埋め尽くすまでは帰らないと心に決めていた。一時的なプチ家出とは言え家族を捨てて出てきたのである。何かを掴んで帰らなければ、申し開き一つ出来ない。

四本目の煙草に火を点けた時、私はドングリ眼と禿頭とが全く言葉を交わしていない事に気付き、彼等の様子をこっそり観察した。やがて、相手に向かって突き出された彼等の手指が、不意に舞踊のような複雑な動きを始めた。手話だった。私は彼等の耳に歯軋りの音が聞こえていなかった事に気付いた。ドングリ眼は、骨に伝わる振動だけを感じながら歯軋りしていたのである。その歯軋りにどんな意味があるのかは分からない。単なるチックなのか、何らかのコミュニケーション手段なのかは不明だった。しかしこの店の店員や常連客にとってこの二人の遣り取りはいつもの事に過ぎず、これを異様な光景と見ていたのは私だけだったらしい。「独断の罪」と私はノートに書き、ストローに唇を付けてチビチビとアイスコーヒーを啜った。

「瓦ナイト」を出た時は午後三時を過ぎていた。淑子が電話に出ない私を心配している頃合である。もうすぐ学校から浩も帰って来るだろう。午前中に目覚めたせいで少し腹が減り、商店街の立ち食い蕎麦屋に入って素うどんに大量の天カスと葱を入れて食べた。そして、七百円という入館料に暫く逡巡した後、ゲイのハッテン場である地下ポルノ映画館に入った。しかし乳繰り合っている老人カップルを眺めてみても、昔のような新鮮な興味は覚えなかった。ゲイサウナは、入浴料が千九百円と大きく値上がりしていたので諦めざるを得なかった。

「新世紀文學α新人文学賞」を受賞したデビュー作『轟沈』は、ゲイのハッテン場が舞台だった。当時、書きあぐねていた私は、縄首の町を徘徊しながら題材を探していた。そしてたまたま古本屋で見たゲイ雑誌で、縄首がゲイの穴場である事を知った。これだと思い、私はハッテン場の映画館やサウナに飛び込んだ。そこで初めて見たゲイの男達の濃厚な肉欲の営みに衝撃を受け、かなり突っ込んだ取材を続ける内に突然筆が走り出し、『轟沈』を書き上げた。淑子は受賞を喜んでくれたが、雑誌掲載された『轟沈』を読んで、こんな気持ちの悪い小説を書く夫には耐えられないと言い出した。私はそれはもっともだと思う一方で、この先自分が書く小説の内容が淑子によって制限される事にきっと我慢出来なくなるに違いないと思った。我々は延々と口論し、結局私が押し切る恰好で決着した。それ以降、淑子は私の書く小説を一切読まなくなった。彼女の判断は、小説家の妻として賢明なものだったと私は思う。

忽ち日が暮れるまでの時間を持て余し、どうせ買えないのは分かっていたが「飛魚食品組合」にまで足を延ばした。同じような構えで建ち並んだ一見普通の民家が数十軒、その開け放たれた玄関引き戸の奥に売春婦が座っていて、道往く男達に微笑み掛けている。女達の隣に控える引き手婆が、「ちょっと、ちょいちょい」「兄さん、兄さん、一秒だけ、一秒だけ足留めてんか」「お兄さん、こんなに可愛い娘の前を素通りですかっ？」などと独自の工夫を凝らしているつもりの言い回しで、引っ切り無しに声を掛けてくる。もしここに来る事が分かっていれば、私はまあこなど買わなかっただろう。いや、どうだろうか。兎に角、まあこを買ったせいで手持ちの金がない分、私の目には女達が一際美しく見え、昼行灯のライトアップにも拘わらず、本当は青白いに違いない彼女達の肌が薄ピンク色に染まって見えていた。学生時代に一度だけここで女を買った事があるが、その時の皮膚病の田舎娘に比べると格段にいい女を揃えている。女達に熱い眼差しを注がれるのは、たとえ商売上の媚だとしても男として決して悪い気はしない。しかし膨らみ掛けたその自信も、寂しい懐具合を思うと忽ち凋(しぼ)んだ。

やがて「飛魚食品組合」を突き抜け、ひっそりとした旧い住宅街に出た。ここから先には行った事がなかったが、まだ陽が高いにも拘わらずどこか妖しい雰囲気があった。歩を進める内に、矢張り普通の住宅街ではない事が分かってきた。屋号の書かれた看板などはないものの、明らかに売春宿と思われる建物が点在していて、しかしまだ開店はしていない。成る程ここが、十五分で一万二千円もする「飛魚食品組合」の裏で労働者相手に格安で体を提供する「ちょんの間通り」かと合点がいった。ひょっとすると今の持ち金でも何とかなるかも知れないと思うと急に元気が出て、取り敢えずそろそろ今夜の宿を物色すべく縄首駅方面に戻る事にした。

薄々感付いていたが、宿は中国人と韓国人の旅行者でどこも一杯だった。以前は白人のバックパッカーがちらほら泊まっている程度だったが、時代はすっかり変わっていた。何軒目かでやっと確保出来た部屋は二千三百円と値が張り、畳一畳の部屋で千二百円と想定していた私にとっては無駄に広いだけの六畳間だった。座布団の上に腰を下ろすと、仕事場の和室にいるのと変わらない雰囲気で著しく興が殺がれた。外国人旅行者を捕まえてこっそり部屋をシェア出来ないかとも考えたが、ロビーに屯(たむろ)する彼等のマシンガントークを耳にした途端、中国語どころか英会話も覚束ない私はこの目論見を即座に断念した。

夕食は遅めに取る事にして、私はロビーで八十円の缶コーヒーを買い、部屋で寝転がって煙草を吸いながらノートに文字を書いた。隣の部屋から、宿泊客の姦(かしま)しい韓国語に混じってテレビの音が漏れ聞こえていた。やがて、いつも夕飯時に家族で見るニュース番組のテーマ音楽が流れてきた。私はノートから顔を上げて部屋の窓ガラスを見た。窓は夕陽に赤く染まり、振り向くと部屋の中が思いの外暗くなっている事に気付いて私は驚いた。その瞬間、淑子と浩が二人だけで夕飯を食べている光景が目に浮かび、私はリュックの中から財布を摑むと、部屋を飛び出して階段を駆け下りた。

ピンク色の公衆電話は、ロビーのカウンターの隅に置かれていた。受話器を取って百円硬貨を入れたがウンともスンとも言わず、受話器を戻しても硬貨は戻って来なかった。私は公衆電話と呼び鈴と同時に叩き続け、やっと出てきた初老の宿の主人に文句を言った。

「電話に百円玉を入れたんだが通じないし、百円も戻って来ないんだが」

「それ、壊れてるんですよ」

「百円入れたんだがね」

「飾りなんだけどなあ。ちょっと待って下さい」

一旦引っ込んで戻って来た主人の手には、量感のある鍵束が握られていた。彼はカウンターの外に出てきて、ピンク電話の横の箱に掛けられた小さな南京錠に合う鍵を探し始めた。鍵束には少なく見積もっても五十個ぐらいの鍵がギュウギュウ詰めになっていて、その一つ一つを鍵穴に突っ込もうとするのだが、南京錠は見るからに錆びていてどの鍵も全く入らない。その内、鍵束の輪の中で鍵が移動して、既に試した鍵とまだ試していない鍵との見分けが付かなくなった。

「ちょっと無理だなあ」と主人が言った。

「兎に角僕は、百円を戻してくれたらいいんだから」

「それは駄目だね」

「え？　何故です？」

「何故ってあんた、本当に百円入れたかどうか、開けてみないと分からないじゃないか」

「入れたよ！」私が声を荒らげると、ロビーに居た中国人達が振り向き、尚も鍵を試そうとする主人と私とをスマホで撮影し始めた。何度かフラッシュが光り、下卑た笑い声を立てる。

「僕は急いでるんだ」私は主人に言った。

「しょうがないなあ」

主人はポケットから小銭を取り出すと、渋々という顔で私に手渡した。

「飾りなのに、こんな事されたら困りますよ」

「だったら使用不能と書いておいてくれよ」

「こんな電話、今時使えるわけないじゃないですか。携帯持ってないの携帯?」

「家に置いて来たんだよ!」

すると中国人の若者が「ケータイモッテナイ、ケータイモッテナイ」と笑いながら話し掛けて来たので、私は「うるさい!」と心の中で怒鳴りながら、無言でロビーを横断して外に飛び出した。宿のすぐ前に電話ボックスはあった。この町の労働者は携帯電話など持たない者が殆どで、従って公衆電話が命である。しかし専ら外国人が利用するようになった宿では、そんな物はもう不要なのだ。

ボックスに入って緑の受話器を手に取り、淑子に何と言うべきかをあれこれ考えた。そして気が付くと私は硬貨を一枚も投入しないまま、受話器を置いて外に出ていた。

何度か入った事のある中華料理屋に入り、カウンター席に腰掛けて半チャンラーメンを食べ終わった時、うっかり割り箸を一本床に落とした。ふと見ると足許に数粒の白い錠剤が落ちている。全部で七粒あった。裸の薬である事がちょっと不自然で、私は何かに誘われるように椅子から降り、一粒だけ摘み上げてポケットに入れた。この町では、よく違法な薬物の取り引きが行われている。ひょっとするとその手の麻薬のような物かも知れないと思うとドキドキした。

店を出てから、それとなく周囲を窺いながら歩いた。宿に煙草を忘れて来たので新しい箱とライターを買い、足は自然に「ちょんの間通り」に向いていた。

■

「飛魚食品組合」の女達は、昼間とは比べ物にならない強烈で妖しげなライトの光に、妖艶な肢体を晒していた。酔った若者達や、ゆっくりと走りながら女を物色する道一杯の幅の外車を避けながら、私は金を持っているような顔をして、女達の視線を五月蠅そうに無視して歩いた。背後の闇と計算し尽くされたライトの角度、そして進んで騙されたいという男達の欲望とが相俟って、この一角だけ束の間の極楽の観を呈している。

ところがこの一帯を一歩抜けると闇は突然深くなり、通行人も殆どいなくなった。「ちょんの間通り」に足を踏み入れると、昼間にも増して怪しげな空気が充満して噎せ返るほどで、当たりを付けておいた店にチラッと視線を向けると、少しだけ開いた引き戸の横の暗い窓の網戸の中に、私の気配を察したらしい女の横顔がふっと現れてゆっくり引っ込んだのでゾッとした。その女は私の方を全く見ておらず、ただ自分の存在を私に示す為だけに現れたものらしかった。私は逃げるようにその場を離れた。二軒目の店にも看板はなく、矢張り少しだけ隙間の空いた引き戸の中が異様に暗い。窓には誰もいなかった。通り過ぎようとすると、網戸にへばり付くようにヌッと現れた女の顔が私に向かって「今晩は」と言った。反射的に「今晩は」と応えると、「どうぞ」と言う。私は「幾ら?」と訊いた。すると女の顔が網戸から離れ、引き戸の隙間から半身を覗かせて「三十分一万円です」と言った。その金額は、還暦近いに違いない女の年齢や、薄手のワンピースに透けた牛のような体付きからして法外な値段に思え、「五千円なら」という言葉が吐いて出た。すると驚いた事に女は再び「どうぞ」と言った。「五千円でいいのか?」と訊くと、周囲を窺うように視線を巡らせてから、黙って頷く。私は引き戸の間に体を滑り込ませた。

中は土間で、奥にカーテンが一枚引かれていた。私は女に一万円札を手渡し、靴を脱いで女の指示に従ってカーテンの間に上がった。そこは二畳分ほどの板間で、煎餅布団が一枚敷かれていた。布団の上に腰を下ろして待っていると、板を軋ませながら女が上がり込んで来て、五枚の千円札を差し出した。

女の皮膚は象だった。頭から砂を被ったような乾燥して傷み切った髪の毛、周囲の肉に押し潰されて指を入れる隙間もない乾いた股間、岩石と見紛うばかりの足の裏を数分で確認し終えると、残り時間は苦痛でしかなくなった。「口でしてくれ」と私は言った。女が頼みもしないのに69の体勢を取ろうと私の上を跨いだ時、その巨大な太腿はまるで町の上を通過していく怪獣の尾のようで、突然眼前に迫ってきたエアーズロック張りの尻の割れ目にふと目にした女の肛門が、崩れ掛けた木組みの古井戸のような複雑な構造を持っているのを知るに及んで、私は自分がこの世の地獄にいるのだと観念した。

結局私はイク事が出来ず、女も私に全くやる気がないのを見て、半ば諦めたように一物を握って揉みながら身の上話を始めた。小説家として一応聞いていたが、想定内の内容で面白くも何ともなかった。若い頃は「飛魚食品組合」で働き、使い物にならなくなったのでここに流れて来たという彼女の人生に於ける最大の出来事は、恐らく映画に出た事だったろう。「タイトルは？」と訊くと「サクトウの夜」と言う。そんな映画は聞いた事がなかった。

服を着て店を出ようとすると「手を洗いますか？」と言う。見ると床に置かれたバケツの中に、壁から生えた蛇口のホースが垂れていた。カランを捻ると水の重みでひょいと逃げたホースの先端を引っ摑み、女の股間に触れた指をきつく擦り合わせる。女の最後の言葉は「値引きした事は内緒よ」だった。

他の店の前を通ると、網戸の中に意外と若い女もいて、もっと慎重に選ぶべきだったと臍を噛んだ。しかしこんな所にいる若い女にはきっと何かあるに違いなく、悪い病気を感染されたりしたら事だという気もして、しかしさっきの雌牛女が病気持ちではない保証などどこにもなく、その時急に映画は「サクトウの夜」ではなく「倒錯の夜」だろうと察しが付いた。しかしどの道、そんな映画は知らないのである。

帰り道の「飛魚食品組合」には天国の華やかさなど少しも感じず、毛色の変わった地獄に過ぎないと思った。女を物色する男達が悉く亡者に見え、しかしちらっと視線を合わせた女がちょっと亜美子っぽい目付きだと気付いた途端、尻ポケットから数千円しか入っていない財布を取り出して残金を確認せざるを得ない。宿の近くまで戻って来ると、街角に立つ女の何人かは男だった。

酒屋でウィスキーのポケット瓶を買い、電話ボックスの横を素通りして宿に戻った。午後九時を回っているのに恰も一日の始まりででもあるかのように元気一杯の中国人の間をすり抜け、階段を上って部屋に入ると、私は布団の上に倒れ込んだ。

ノートを取り上げる。まだ数ページしか埋まっていない。動けない淑子と、いつもなら風呂に入っている時間の浩の事を思うとやり切れなくなり、体を起こしてポケット瓶のウィスキーを一口呷った。万年筆を握ってみたが、書くとは一体何なのかと無理矢理自問してみても、その自問自体が今の私にとっては一種のポーズに過ぎず、頭の中の隅にあった筈の何かちょっとした期待は何だったのかと、それればかり思い出そうとした。三口目のウィスキーを飲んで布団に仰向けになり、少し肌寒さを感じてズボンのポケットに手を入れると指先に触れる物があった。摘んで取り出すと、中華料理屋で拾った白い錠剤である。期待した物とはこれだった。私は身を起こし、卓袱台の上にその一粒を並べて繁々と眺めた。表面に、アルファベットや記号などは刻まれていない。ミント菓子のタブレットにしては大きく、ラムネ菓子にしては固そうである。矢張り何かの薬だろうと見当を付けた。

私はノートに向かった。酔いが回っていた。

「淑子へ。

君も知っての通り僕は今、スランプに陥っている。小説はさっぱり書けなくなり、このままでは我々の暮らしは立ち行かない。しかし書けないものはどうあっても書けず、僕は自分に何らかの荒療治が必要であると考えた。

今は縄首駅近くの安宿『八大旅館』に投宿している。勝手に家を出て来てしまって済まなかったが、衝動的に旅に出るというのは結婚の時に言ってあったから、君はそんなに心配していない事と思う。浩は今、一人でお風呂に入っているのだろうか（現在二十一時二十五分）。

僕はこれから拾った薬を一粒、ウィスキーと一緒に飲んでみようと思っている。この薬は、今日の午後六時半頃に、宿の近くの中華料理屋「縄首飯店」の床に落ちていたものだ。何の薬か分からない。ひょっとすると、かなり危険な代物かも知れない。この町の事だから違法薬物である可能性もあるけれども、今の僕にはこれぐらいの冒険が必要だと思うのだ。何を子供っぽい事を、と君は笑うだろうか。いや、君は笑うまい。小説に関する限り、君は僕のどんな努力、試行錯誤、愚行も馬鹿にせず、その全てを仕事に必要な要素として受け容れてくれる事を僕は知っている。それは君の覚悟の表れだ。

とても感謝している。

もしこの薬が毒物や劇物であった場合、僕は不幸にして死んでしまうかも知れない。その時の事を考えて、僕は今この文章を書いている。もし万が一の場合、後に残された君や浩の事を思うとやり切れない気持ちだ。しかし僕にとって書く事にはそれだけの重みがあるという事を、君にだけは分かって欲しい。勝手な言い分だというのは分かっている。しかし僕は愚かにも、この一粒の錠剤に作家人生を賭けてみようと思う気持ちを抑えられないのだ。

書くという営みは、一種の熱病なのかも知れない。

この錠剤が麻薬のような物で、その幻覚作用や向精神作用の助けを借りて何か小説のネタを摑もうというけち臭い動機から、僕はこんな試みをするのでは断じてない。死を賭した愚行に敢えて踏み込む事自体に、僕の考える文学的な意味があるのである。僕は錠剤を飲んで眠りに就くだろう。二度と目覚めないかも知れない。しかしもし目覚めたら、たとえ何一つ生理的な変化が生じなかったとしても、明日の朝には僕は精神的に蘇生しているに違いない。何故なら僕は、一旦死んだからだ。死を乗り越えた新しい眼で、僕は世界を見るだろう。そしてそれは、僕の文学の新しい頁を開くであろう。再び小説が書けるようになるには、これしかない。君と浩の人生をも巻き込んで、僕はこの愚行に賭けてみる。縁起でもないから、さようならは言わない。今夜は少し冷えるから、温かくして寝て下さい。明日には帰るから。

浩へ。

お父さんは命懸けで仕事をしています。少しでも浩に好きになって貰えるように」

筆を措いた時、ウィスキーのボトルは三分の一にまで減っていた。この期に及んで、昔の浮気や商売女を買うという行為について、文学を楯に、淑子に対して姑息な防衛線を張っている自分を情けなく思うと同時に、四十四歳にもなって、こんな遺書を半ば本気になって書いている作家としての自分を、馬鹿で奇妙な存在に感じた。

しかし、書けるなら何だってやってやるという気持ちに嘘はない。

外で、自動車の急ブレーキの音がした。

私は錠剤を摘んで口に入れ、ウィスキーと共に飲み込んだ。

そして瞑想でもするように、胡坐をかいたまま目を閉じた。

後頭部が後ろに引っ張られるような感じがあったが、それが錠剤に因るものか酔いなのか分からなかった。暫くすると、少し酔いが覚めてきた。そして結局何も起こらなかったらしいと分かってくると裏切られたような気になり、続けて二本煙草を吸った。すると少し頭がクラクラする感じがあって、私は立ち上がるとリュックサックからタオルを引っ張り出し、ドシドシと音を立てて一階に降りていった。

共同風呂は案の定、中国人と韓国人で満員だったが、私は構わず脱衣し、タオルと部屋の鍵を持って浴室に入った。明日死ぬかも知れないと思うと、我が物顔で風呂場を占拠している大陸の連中に遠慮している場合ではないと思い、僅か三十センチの隙間に体を捩じ込んで湯に浸かると、ヌルリと肌を擦り合わせる事になった両側の中国人は嫌な顔一つせず、微妙な笑顔さえ向けて来たので私は俄に嬉しくなった。そして彼等は、我々島国の人間のように不満や不平を心の中に溜め込まず、全て言葉や行動として外に出すからこそこんなにエネルギッシュで開けっ広げなのだと納得がいった。

「実に大陸的だね」私は一人の若者に話し掛けた。

彼は「タイリクテキ」と鸚鵡返しに言い、どういう意味かと英語で訊いてきた。私は「大陸」という単語が思い出せず、大きな心を持っているという意味を込めて「ユー・ハブ・ア・ビッグワン」と答えると、彼は「オー」と肩を竦めて仲間と笑い合ったので私も笑い返した。

部屋に戻り、煙草を一服して静かに布団に体を横たえた。

いつもより早く起きて体も動かした上に、酔いも手伝って忽ち眠気が襲って来た。灯りを消さなければと思いつつ、体が布団に押し付けられるようで身動き出来ない。その時ひょっとすると私の英語は、「あんたのアソコでかいな」という意味だったかも知れないと思い、フッと笑いが込み上げた途端、意識が遠のいていった。

５

「江川君、鳥居工業の平面研削盤、適当に言って買い替えを勧めてきてよ」

次第に明瞭になってくるその声は、佐々木課長に間違いない。

ムッとする空気。営業課の暖房が利き過ぎているのだ。それはいつもの事だった。寒がりの佐々木課長のせいで皆迷惑していた。

「おい、江川君」

分かっている。ちゃんと聞こえている。私は目を開けた。自分の事務机の上で、書類鞄の中に新製品のカタログを入れているところだった。これは私だろうか。指先がちゃんと書類を摑んでいる感覚がない。まるで手袋を何枚も嵌めているような感じがする。しかし私はこの光景を覚えている。そのリアルさ。どこかに別の私がいて、この光景を単に眺めているのではない。私はどうやら今ここにいるらしかった。心配性の佐々木課長の眼鏡の奥の、いつも泳いでいるような小さな目が懐かしい。そして心の中で「佐々木課長、心配しなくても私はちゃんと鳥居社長に新しい平面研削盤を購入させますよ」と呟いた。

「何をぼんやりしてるんだ？　おい」

「はい」

声が出た。喉の痛みもない。肉体が若い。取り引き先の鳥居工業に平面研削盤を売り込んでいるという事は、私は三十過ぎの筈である。佐々木課長も若い。私は手を開いたり閉じたりして、じっと見入った。意識が体に馴染まない。

「約束は二時だろ。早く行けよ」

「はい」

私はジャンパーを羽織って立ち上がり、よろけながらキーボックスに向かった。宙を歩いているような気がする。仕事場を見回すと、懐かしい顔がそこここにいた。事務補助のあの娘は何という名前だったろうか。そうだ。木村だ。木村陽子(ようこ)だ。彼女は数年後に寿退社する。そして机にしがみ付くようにして書類に向かっている顔色の悪い仁科(にしな)係長の余命は、あと二年足らずの筈だ。彼らは自分の運命に無知な故に、少しも取り乱していなかった。

ボックスから三番の鍵を取って駐車場に向かう。外は寒く、さっき見た日めくりカレンダーによると、今日は十年前の二月十四日である。所定の場所に三号車が停まっていた。ミニカである。私はいつもこの車だった。この小さな車は、町工場が密集する工場団地内のどんな狭いスペースにでも入って行けて、トラック一台で一杯一杯の鳥居工業の駐車スペースにも端の方になら何とか停められる。

ミニカの脇に立ってバックミラーで自分の顔を眺めると、耳から顎に掛けてのラインが実にシャープで若々しく、思わず撫で回さずにはいられない。

さっきまで意識と体との間にあった数センチほどのずれの感覚は、今は僅か数ミリにまで減っている。ミニカの冷え切った屋根に手を触れると、もう殆ど自分の手が直接鉄のボディに触れている感じがした。肉体に馴染んでくるに連れ、ここにやって来る前の自分の身体記憶が刻々と上書きされていくような感覚があった。喉の違和感などは、もう精確には思い出せないほどに薄まっている。

エンジンを掛けてアクセルペダルを踏む。運転は久し振りだが、何の問題もなかった。道順も頭に入っている。ハッと気付いて背広のポケットを探ると、セブンスターの箱が入っていた。私は煙草に火を点け、窓を開けて吸った。何と言う美味さか。出来るだけ長く吸い続けられるように、無茶吸いをせず、肺や喉への負担が最小限になるよう心掛けようと思った。

鳥居工業の前には、合金部品の入ったケースを積み込んだトラックが居座っていた。私は何度か切り返し、ミニカを狭い空間に寄せて停めた。

プレハブの建物の中では、工員達が部品をフライスカッターで削り出していた。平面研削盤は、バイトやフライス盤といった刃物で加工した物に砥石で更に細かな磨きを掛ける工作機械だ。私は鳥居社長に、新型の平面研削盤を提案している筈だった。鳥居工業の製品は精度の高さに定評があり、我が社の新型機械に強い興味を示している。そして後日この商談が成立する事を、私は既に知っていた。

外付けの非常階段を上り、工場事務所に入る。

「今日は。大東洋マシンの江川です」

「あ、いらっしゃい」

いつものように、事務所の隅のパーテーションで仕切られた応接スペースに案内される。私は目を見張った。案内する淑子の顔が余りにも若く、溌溂（はつらつ）としていたからである。私は応接セットのソファに腰を下ろした。ミニテーブルの上に、空のガラス灰皿が置かれている。暫くすると「やあ」と鳥居社長が入って来た。私は腰を上げて挨拶をした。鳥居社長はソファに腰を沈め、マルボロを吸い始めた。

「新型のあれやけどな、他社のに比べたら少々手間が掛かりまんな」社長が鼻と口を煙まみれにしながら言った。

私は小刻みに頷いた。唐突に話が始まり、展開に追い付けない。

「電子制御の面で、若干他社製品に劣ってまっせ」鳥居社長の吐き出した煙が、私の頭上で渦を巻く。

私はハッとした。さっきまで私は、社長に何を訊かれてもスラスラと適切な言葉が口を突いて出てくるものと思っていた。未来は既に決定済みであり、私はいわばバーチャルリアリティの中のプレイヤーに過ぎず、どこまでも一種の傍観者の筈だった。

しかしこの時、私には鳥居社長に対して返すべき適切な言葉の持ち合わせがない事に気付いた。このような場面の記憶はあったが、他にも何度か同じ応接スペースで社長と向き合っており、会話の細かい内容の記憶など殆どない。確かにこのテーブルで売買契約書にサインを貰った筈ではあるが、それは今日ではなかった。その日に至るまでの数多くの言葉の遣り取りがあったのだ。

鳥居社長はソファの背に深く凭(もた)れ掛かり、私の返事を待っている。その顔には、「わしの期待通りの言葉を言うたら買(こ)うたらんでもないで」と書いてあった。しかし、思い出そうとして無駄に書類に目を走らせるものの、頭は真っ白になっていくばかりである。

「その分、値段を抑えさせて頂いております」

私は当てずっぽうにそう答えた。

「ほう。値を下げたんかいな？」

「いえ」

「どういう事でっか？」

「はい……」

「前回と言うてる事が違うんとちゃいまっか？　江川はん」

一体前回がいつの事で、その時自分が何を言ったのか全く思い出せない。社長の顔から穏やかさが消え、眼光が鋭くなっていくのが分かる。その瞬間私は、たとえここが十年前の世界だとしても、今この時点に於いて未来は何一つ決定済みではないのだということに思い至り、俄に凍り付いた。

淑子がニコニコとお茶を運んで来た。しかし彼女は場の空気を察すると、顔から即座に表情を消し、無言で湯呑を置いて立ち去っていった。その痩せた後ろ姿をチラッと見た時、私は突然自分が言うべき言葉を思い出した。

「社長、社長。この製品はですね。電子制御の範囲を敢えて抑えて、職人さんの手仕事のし易さを最優先に開発されているんです」

「値段は下げてくれますんか？」

「え？　あ、それは持ち帰らせて頂いて……」

「値段はびた一文、下げられまへんのでっしゃろ？」

「はあ……」

「あんた、前にそう言うとったやないか」

「はい」

「それでも今あんたは、値段を抑えさせて頂いたとか言いましたわな。それはどういう意味でっか？」

「………」

「何をコロコロと話を変えとんのや」

「済みません」

鳥居社長は真っ直ぐこちらを見ていて、私は俯いたまま視線を上げる事が出来なかった。応接スペースからドライアイスの煙のように流れ出した冷え切った空気が事務室全体に広がり、数人いる職員は全員息を殺して誰一人物音を立てない。隣接する工場の工作機械が立てる律儀な機械音だけが、微かな振動を伴って伝わってきた。

「もうええ。今日はここまでにしまひょ」

社長はそう言うと、茶を呷って立ち上がった。私も立ち上がり、頭を下げた。

「江川はん、あんた今日はどうかしてまっせ」

「済みません」

社長が立ち去ってからも、私は暫くその場に佇んでいた。ひょっとしたら契約は取れないかも知れない、と思った。そして、私は契約どころではない自分の立場を理解しつつあった。私は十年前の私に取って替わってしまったのだ。その瞬間から、全くオリジナルな世界が展開しているのだとすれば、これは大変な事である。このオリジナルな世界は一刻もストップ出来ない間断なき選択の連続として、瞬間毎に眼前に立ち現れてくるのである。私はそんな責任も義務も負いたくなかった。

「あの」

見ると淑子が立っている。その時十年後のあの日、家から仕事場に向かう私を見送っていた布団の中の淑子と、玄関の板間に佇む浩の顔が目に浮かび、私は思わず叫び出しそうになった。

「社長は言い方はきついけど、本当は江川さんの事を信頼してるんです。だから気にしないで下さい」

「あ、有難う」

淑子は声を低めた。

「亜美子の返事は明後日会う時には伝えられると思うから」

「明後日は『カトレア』だったね……」私はいつものレストランの名を言い、「時間は、えっと……」と言い淀んだ。

「七時よ」

「そうだった」

私は立ち去る淑子を見送った。浩の母でもなく、腰痛もなく、生活苦もない単なる小娘の淑子の足取りは、飛ぶように軽かった。

鳥居工業を出て、私はミニカを駆って海に向かった。十年前のこの日、私は海に寄り道などしなかったに違いない。私はミニカを道端に停め、浜辺を歩き回った。冬の海は少し荒れていて、浜風は痺れるように冷たかった。水面には、見渡す限り三角波が犇(ひし)めいている。私は冷え切った空気と共に、煙草の煙を肺一杯に吸い込んだ。

私は足下の砂を拾って握り締めたり、自分の手首を強く摑んだりした。既に、この世界と私との間には一分の隔たりもなく、僅かに残っていた世界とのずれや浮遊感のようなものは跡形もなく消え去って、自分の肉体を酷く重く感じた。

元の世界に、私という人間はまだ存在しているのだろうか。もし存在していたとして、その男は私なのか。私は四十四歳のその男の顔を思い浮かべ、信用出来ないと思った。文学を隠れ蓑にして、家族より自分の欲望を優先させる自分本意の人間に違いない。淑子と浩はどうしているのか。もし私が死んだか消えたかしたのなら、それは淑子が最も恐れていた事だ。癌にならないための漢方薬も、働き易いようにわざわざ借りさせてくれた仕事場も、せめて浩が独り立ちするまで私に元気に働いて欲しいという彼女の願いの表れだった。淑子は時々、私が先に死んでしまった時の事を想像して布団の中で泣くと言っていたが、その彼女の不安が現実化した可能性がある。

西の空の雲の下から、鈍い色の太陽が姿を現した。すると海面が、恰も鰯（いわし）の群のように銀色に輝き始めた。その光景を眺めている内に、私は発作的にその場でワイシャツやズボンを脱ぎ捨てて下着姿になるや、ジャバジャバと海の中に入っていった。何故そんな真似をしたのか分からない。元の世界に戻ろうとしたのか、或いは新しい世界へと参入する為の一種の禊（みそ）ぎのようなものだったのか。

5

ミニカの中で、私はカーエアコンを最高温度にして震えていた。塩で体がべた付く。窓の外に動く物の気配があって振り向くと、私の狂態をどこかで見ていたらしい警備員風の男が近付いてきてウインドウをノックした。私は窓を開けなかった。彼は指で輪を作り「オッケーか?」と訊いてきた。私は何度も頷いた。男は私の頭の動きに共振するように頷き返すと、親指を一本立ててから立ち去って行った。沿岸警備のガードマンだろうか。

最後の一本になったセブンスターを吸いながら煙草の箱を丸め、ラジオを点けると聞き覚えのある歌謡曲が流れてきた。身近な人間の十年間の変化は決して小さくないが、十年前の音楽は少しも古いと感じない。人間が創り出す物に比べ、生き物としての人間の寿命の短さを思った。

エアコンの吹き出し口からは噎せ返るほどの熱風が吹いていたが体の芯は少しも温まらず、突然痙攣のような震えがきて口から煙草を落としそうになる。

その時ふと、もし本当にここが十年前の世界なら、元の世界の事などを考えても仕方がないという考えが浮かんだ。私はフロントグラス越しに、水平線に漂う大型タンカーを眺めた。タンカーはゆっくりと巨体を波に揺らしている。誰も運命の波には逆らえないのだ。元の世界の事は、元に戻れた時に考えればいい事である。今はこの数奇な運命の波に身を任せる他為す術はない。とすれば今のこの状況を楽しんでもよいのではないか、という考えが少しずつ胸に満ちてきた。そして頭の中に江藤亜美子のダイナマイトボディのイメージがくっきりと浮かぶや、私は思わず声を上げた。

反射的にサイドブレーキを外したものの一瞬どこに行けばいいのか分からなくなる。会社に戻らなければならない事は分かっていたが、私が本当に戻りたい場所は勿論会社などではなかった。

鳥居社長から電話があったのだろう、帰社するや否や佐々木課長から散々御小言を貰った。私は課長の話を聞く振りをしながら、自分が八年後に出す事になる辞職願いの文面を頭の中でなぞっていた。何の見通しもなかったが、この会社で工作機械の営業をする事にはもう一日も耐えられそうになかった。

兎に角明日は出社しない、と私は心に決めた。

退勤時、机上に置かれた小さな義理チョコを食べながら私物を纏め、こっそりと持ち出して通勤用のバイクの荷台の缶の中に押し込んだ。私は将来このバイクで事故を起こして脚に怪我を負う事になるが、平面研削盤の売り込みには失敗しても、この事故だけは回避出来るかも知れないと思った。

冷たい風を受けてスピードを上げる。エンジンの音がまだ新しい。

途中、我が家に寄った。

斉藤という表札が出ていた。居間の窓の閉じた雨戸の隙間から、磨りガラス越しに人の動く影が見えて、それが何度も見てきた淑子の影と重なって一瞬胸が詰まった。斉藤さんの夫婦は高齢で、後に不動産屋を介してここを戸建ての賃貸住宅として貸し出し、それを我々家族が借りるのである。仕事場にも行ってみたが、静まり返っていた。この古民家には、老いた母親を介護する独身の看護婦が暮らしている筈だった。

山手に向かって走り、角を曲がると眼前にアパートが現れた。

十年後には取り壊されて存在していなかった「第四如月荘」が、懐かしい佇まいのまま平然と建っているのが不思議だった。荷物を抱えて錆びた階段を上り、二階の自分の部屋の扉を開けた時、一瞬他人の家のような違和感を覚えた。しかし部屋に籠もった空気を吸い、本棚や持ち物を眺め回す内に全てが馴染んできた。湿った下着を新しい物に着替え、スウェットの上下を着て、肩まで炬燵に潜り込む。炬燵の上には、まるで十年後の私に宛てたウェルカムサービスのように、セブンスターの新しい箱が二つ置いてあった。煙草を立て続けに三本吸うと、心地好い疲労感と共に強い眠気が襲って来た。恐らくは煙草を吸い過ぎ、若干風邪も引き掛けていたのだろう、眠りの中で私は何度も咳き込んだ。喉を擦りながら目を覚ますと、私は「あ」と嗄れた声を上げて飛び起きた。

部屋の中は真っ暗で、灯りの紐を手探りすると簡単に指に触れた。喉の痛みと、灯りの紐。それは私が四十四歳で、ここが元の仕事場である可能性を思わせた。眠っている間に戻ったのかも知れない。私は目を瞑って紐を引いた。

白々とした蛍光灯の灯りに照らし出されたアパートの部屋を目にした時、私は自分がこの世界に囚われた囚人のように感じた。しかしそれは必ずしも不幸とは限らない。置時計を見て二時間ほど眠った事を知ると、無駄に過ごしてしまった時間を激しく後悔する気持ちが湧いて、流しに置かれたウィスキーを痛飲して寝てしまう前に、何か為すべき有意義な事はないかと考えた。そして私は煙草と財布を仕事鞄に放り込むと、厚手の靴下を履き、どてらを羽織って外に出た。

私が三十代の多くの時間を過ごした喫茶店「ひまわりん」は八年後に潰れるが、今は夜の十時まで営業している筈である。私は腹が減っていた。十分ほど歩くと、屋根の上にキャラクター人形を乗せた店に着いた。この人形が「ひまわりん」だが、媚びたライオンのような可愛くも何ともない表情が郷愁を誘った。店には一組のカップルと老人がいて、私はいつもの窓際のテーブルに着き、チャーハンとホットコーヒーを注文した。そのウェイトレスの顔を見た時、私の胸は懐かしさで一杯になった。恐らくもうすぐ店を辞める筈のその女は、十年振りの人間の中でも最も純粋な十年振りの人間だった。その印象深い顔は蟹の甲羅に似ていて、体が小さく、撫で肩で脚が貧弱なので、全体のシルエットは紙魚を思わせた。紙魚は本を食べる害虫であり、私はよく「寄るな。あっちへ行け紙魚女」などと呟いたものだ。

好きな味だった「ひまわりん」のチャーハンを再び食べられた事は小さな慰めにはなり、コーヒーを啜りながら煙草を吸っていると少し気持ちが落ち着いてきた。改めて鞄の中を見てみると、書類の間から、いつも持ち歩いている日記帳が出てきた。私は二十歳から日記を付けていて、現在は六十七冊目に入っている。表紙に油性マジックで「32」と記されたその日記帳は、勿論仕事場に置いてある日記の内の一冊だったが、開いてみると二月十三日で途切れている。当然だが奇妙な感じがした。少し目を通してみた。

「二月十三日（火）
間もなく三十四歳になるにもかかわらず、僕は全く何者でもない。ちゃんとした小説が書きたい。しかし、書けば書くほど小説全体が崩れていく。何も積み上がらない。土台がしっかりしていないのだ。しかし土台とは一体何だろうか。心に浮かんでくるものが、深い部分からではなく、ごく浅い部分からしか浮かんでこないという問題。江藤亜美子の体を思うと、頭がおかしくなりそうだ。田中淑子に、せめて江藤亜美子の半分ほどの胸と尻があれば！」

「二月十二日（月）振り替え休日
明日からの仕事を思うと、心にどっと暗雲が垂れ込める。書くことは、僕の本質的な部分である。それ以外のことは二の次、三の次だ。特に大東洋マシンでの営業の仕事は、最も優先順位が低い。工作機械は、僕でなくても誰でも売れるではないか。僕は、僕にしか出来ない仕事がしたいのだ。書く生活こそが、僕の本当の生活である。

江藤亜美子に対する思いを伝えてくれるよう依頼すると、田中淑子は明るく引き受けてくれたが、その目は笑ってはいなかった気がする」

「二月二日（金）

男五人、女四人で居酒屋豊漁の海で呑む。私は、田中淑子の大学時代の同級生、江藤亜美子の体に強く惹きつけられた。特に、膝をついた時の太腿の太さや腰の張りがたまらない。加えて、その柔らかそうな乳房。男に撫で回されるためにこの世に生まれてきたような、奇跡の肉体ではないか。山田などは、食われちゃいそうでちょっと怖いななどと私に耳打ちしてきたが、彼のズボンの中は固くなっていた。言うまでもなく私もギンギンに勃起してしまい、トイレに立つのに困ったほどだ。帰宅してから、三回続けてオナニーをする」

日記帳から顔を上げると、離れた場所に、水の入ったポットを手にして歩いている紙魚女が目に入った。薄暗い店内に、暖色の電球や外の信号機の点滅光などの微光を浴びながら移動していくその姿は、深海生物を思わせる。

私は「あー」と小さく声を上げた。

元の仕事場に置いてきた六十七冊の日記帳が、全て淑子に読まれてしまうに違いない事に気付いたからである。もし私が蒸発しているとしたら、妻として、夫の失踪の原因を日記の中に探ろうとするのは当然の事だ。日記には、淑子に知られたくないあれこれの事が事細かく書かれている。勿論最も肝心なところはぼかしてあったが、淑子が追い討ちを掛けられるようにして更なるダメージを負う事は避けられないに違いない。

淑子は大きな変化や、信頼を裏切られる事を極度に恐れる女だった。逸脱こそ文学的な生き方だと考える私は、彼女の保守性に不自由さや息苦しさを感じる事がままあった。実際私は、時々彼女を裏切ってこっそりと息継ぎをしていた。日記には、度々不満をぶちまけた。信頼出来る人間が脇田医師というのなら、私は断じて脇田医師にはならないなどと記し、浩については完全に馬鹿呼ばわりであった。私は彼らに嫉妬していたのかも知れない。淑子にとって心の拠り所であるからこそ、彼らを罵倒する事で溜飲を下げていたのだ。日記とは心の下水道である。だからこそそれは、絶対に読まれてはならないのである。

私は、日記によって夫の裏切りを知った淑子が、痛む腰を押さえて蹲り額を床に押し付ける姿や、成長した浩が大きな鉢の頭を揺らしながら「浩は度し難い大馬鹿だ」と書かれた父親の文字を読む姿を想像した。すると居ても立ってもいられなくなり、しかし店内を眺め回しても元の世界への出口はどこにもなく、私はテーブルの上に両肘をドンッと突いて項垂れ、石のように固まって全ての日記が消滅する事をひたすら念じた。店内を紙魚女が泳ぐように移動して行き、頭の中には、つい数日前に日記に記した「A子とやりたい」という一文が消しても消しても浮かび上がってきた。

5

翌日と翌々日、私は会社を休んだ。実際に風邪気味で、微熱があって寝汗をかいた。喉が痛くて煙草が不味かったが、煙草を吸うぐらいしかする事がなく、ウダウダしている内に淑子との約束の時間が近付いてきた。「カトレア」は駅前商店街の中にあり、アパートから徒歩二十分の距離である。

店に入ると、隅のテーブルにいた淑子が小さく手を挙げた。

「風邪なんですって？」

「ああ。よく知ってるね」

「電話しようと思ったんだけど、邪魔したら悪いかなと思って」

「もう元気になったよ」

私は淑子の細い首を見た。若い彼女と体を合わせてみたいという欲求があった。ひょっとすると、別の女としているような気がするのではなかろうか。「これは不倫だと思うか？」と、是非、戻ったら淑子に訊いてみたい気がした。

二人で食事をしてコーヒーを飲み、ポツポツと文学や映画の話をして店を出た時、私は「江藤さんは何て言ってた？」と訊いた。

「友達からなら別に構わないって」

「そうか」

商店街の中の殆どの店にはシャッターが下りていて、死んだ町のようだった。

「彼女の携帯番号を教えてくれないかな」

淑子のブーツの靴音が、遅くなった。

「後でメールで送っておくわ」

商店街を抜けて駅前に出ると急に風が強くなり、ロータリーの街路樹が順番に御辞儀していき、飛んできた枯れ葉が足許に纏い付いた。この日がこんなに寒かった記憶はなく、私は、髪の毛とマフラーを風に靡（なび）かせて、どこかモジモジしている様子の淑子を眺めた。

「何？」

「あ、これ」

彼女は小さな包みを差し出した。

「有難う」そう言って私は包みをダウンジャケットのポケットに突っ込み、その私の右ポケットをじっと見詰めている淑子の視線を無視して、駅の構内でブレイクダンスの練習をしている若者達の方を見遣った。彼等の中のただの一人も、十年後にプロのダンサーになっている人間はいないな、と思いながら。

重い数秒間が過ぎた。

「じゃあ行くね」

彼女のその言葉を耳にした時、いつの間にか胸一杯に溜めていた息を私は一気に吐き出した。私の白い息は真っ直ぐに噴射されて彼女のコートにぶつかり、粉々に砕けた。

私は「ああ」と答えた。

淑子は踵を返して立ち去り、私は彼女の後ろ姿を見送った。

彼女は一瞬振り向きかけたように見えた。その時思わず出掛かった私の声は、忽ち喉の奥の方で潰れた。ブレイクダンスの若者が奇声を上げ、その声に弾かれてつんのめるようにして、淑子の体が改札口の中に突っ込んでいくのが見えた。

私は包みを開けた。どのスーパーにも置いてあるような安物のチョコにカードが添えてあり、手書きの文字で「ＬＯＶＥ」と書かれていた。彼女の胸の中に用意されていたであろう言葉は一言も発せられないまま、夜の電車と共に消え去った。

アパートに戻って携帯電話を見ると、淑子が電話番号をメールしてくれていた。

私はウィスキーを一口呷ってから電話を掛けた。

亜美子は誰かと飲んでいる様子で、激しい音楽と男女の声が聞こえていた。私が食事に誘うと、彼女は「今は予定が分からないのでまた掛け直します！」と叫ぶように言って一方的に電話を切った。彼女にとっては私からの電話など、カラオケの選曲やチューハイのお代わりなどより遥かにどうでもいいものだったに違いない。顔も覚えていないかも知れなかった。

私はふと思い付いて十年後の淑子の番号に電話してみたが繋がらず、浩に持たせている携帯電話の番号も「現在使われていない番号」だった。貰ったチョコを齧りながらウィスキーを飲んでいると久しく味わった事のない血の滾りを全身に感じ、このアパートに淑子を呼ぼうと何度も考えたが、それは今でなくてもよい。

それよりも、若い亜美子を手に入れられるチャンスを絶対にモノにしたいという気持ちの方が強かった。熟れ切った十年後の彼女の容姿を、私は知っている。もしこの世界から少なくとも向こう十年逃れられないとしても、亜美子の体さえあれば短か過ぎるぐらいではないか。三十四歳になろうとしている私を、既に私の子供を産んだ淑子ではなく、私にとって未知の体である亜美子へと向かわせているのは、或いは異なる遺伝子と交配せよという本能の指令なのかも知れないと思いながら、ウィスキーと煙草にまみれて日記帳の続きを書いた。

5

亜美子とのデートが実現したのは三月の半ばで、私はこの間に大東洋マシンを退職した。退職金は六十万円足らずで、失業保険と合わせると半年間ぐらいは何とか食い繋いでいけそうだった。私の心の中には、常に「どうせ他人の人生だ」というような投げ遣りな部分があり、しかし実際は他人どころではなく、腹が減るのも恥をかくのも射精するのも紛れもない自分自身だったが、どうしても付き纏う「本当の人生は別にある」という意識が時として私を大胆な行動に走らせた。

現れた亜美子は上はモコモコのジャケットを羽織り、下は驚くほどピッチリとしたスキニージーンズを穿いていた。十年振りに見た二十四歳の彼女は、私が頭の中に思い描いていた女性より遥かにスリムで、尻がでか過ぎると言っていた友人がいた筈だが、私には申し分のないプロポーションだった。スーパーで見た雰囲気の彼女が頭の中にあったためか、目鼻立ちのはっきりしたロシア美人を想像していたが、若い彼女は少し蓮っ葉な印象の、どちらかと言うと和風の顔立ちだった。笑うと、整った歯がとても白い。

居酒屋に入り、テーブルに向かい合って腰掛けた。彼女はジャケットを脱いでジージャン姿になると、開口一番「余りゆっくり出来ないんです」と言った。

「え？　どうして」

「九時半にはここを出ないとならないの」

時間は八時過ぎだった。

「用事？」

「うん。先約があって」

彼女はアルコールに強く、焼酎の湯割りを飲みながら肉や魚をモリモリ食べる姿はまるで美しい白馬が猛然と馬草を食んでいるようで、私はその様子に思わず見入り、嗚呼、生きるとはこういう事だったと、長く忘れていた何かを急に思い出した気がした。確かにこの一ヶ月間の私は本当に生きていたとは言えず、この先もこの世界で真に生きていく事が出来るだろうかという不安を抱いていた。しかし亜美子に釣られてこちらも少しずつ元気になってきて、盛んに飲んだり食べたりする内に気持ちも随分大きくなり、ここで言うべき事を言っておかなければ次のチャンスはないかも知れないと思い定めた。そろそろ行かなければならないという雰囲気を醸し出し始めた亜美子の手を私は咄嗟に握り締め、眉を八の字に歪めたその顔に息を吹き掛けながら言った。

「結婚して欲しいんだ」

この余りにも唐突で無思慮な言葉に対して、亜美子はこういう申し入れに慣れてでもいるのか、急にフラットな表情に戻ると、「だって、江川さん会社を退職されたんでしょ。私の事なんかよりまず新しい仕事を探して下さい」と言って手を引き抜き、「お手洗いに行って来ます」と席を立った。私は亜美子の素晴らしい腰の振りを見送りながら、「新しい仕事など、とうに決めているさ」と呟いた。

私が会計を済ませたところに亜美子が戻って来て、半額を出そうとしたので「いいよここは。僕が誘ったんだから」と言い、我々は店を出た。

「駄目よ。こういう事はきちんとしておかないと」

「亜美子さん」

亜美子は聞こえない振りをして、財布から小銭を摘み出している。

「僕は小説家になるよ」

亜美子が顔を上げ「それは素敵ね。はいこれ」と言ってお金を差し出した。

「君の為に必ずベストセラーを書く」

「痛いわ。もう行かないと」

私はお金ごと、彼女の手を握り締めていた。良い女というものは、手一つ取ってみても男を喜ばせる魅力を備えているものだ。亜美子の手は、掌は赤子のようにふくよかであるにも拘わらず、何も付けていないナチュラルな爪へと続く長い指は蛇のように艶かしく、全体の感触は滑らかでしっとりしていた。握れば握るほど、その奥にあるかも知れない更に気持ちの良い感触を求めてしまい、「放して」と言われても尚、私は彼女の手の筋をコリコリと揉んだり、指の股を擦ったりするのを止める事が出来なかった。彼女が強引に私の手を振り払ったのは、私が彼女の指先を口の中に入れようとした時だった。「止めてよ！」と彼女は怒声を発し、何人かの通行人が振り向いた。店内のレジカウンターからも、店員が首を伸ばしている。まだ二十代前半であろうこの店員も又、私同様一瞬で亜美子の虜になった仲間に違いない。亜美子は吐き捨てるように「失礼します」と言い残し、立ち去っていくブーツの音は時を刻む時計のように精確だった。

まだ会って二度目の女の指を本気で舐めようとした自分を、私は二つの理由から理解した。一つは私の精神年齢が四十代であり、既にピュアな恋愛観を卒業して半ば変態的な領域に足を踏み入れている事。もう一つは、これがどんな実験も許される「別の人生」である事だった。

会社を辞める直前に、私は弟の誠司のマンションを訪ねていた。

彼はまだ独立しておらず、繊維メーカーに勤めていて下着のデザインをしていた。

「何かおかしいと感じないか?」

私はビールを飲みながらそれとなく訊き、肉親でなければ分からない微妙な仕草や気配を何一つ見逃さないように、全神経を集中させて誠司を観察した。

「何が?」

「何がって事はないが、日々の生活が何となくしっくりこないような感じがするとか、ないか?」

「ある、そんなのはしょっちゅうだ」

誠司は、我々が時として感じる軽い離人症の事を言っている。疲れた時などに、何となく自分が自分でないような、この世界から現実味が薄れ、何か絵空事のような気がする事は誰にでもある。私が聞きたいのは、勿論そんな「気分」の話ではない。

「お前は将来会社を辞めて、独立してデザイン事務所を立ち上げる考えはあるのか？」

「ないね」

「そうか」

「パンツのデザインは俺の天職だよ」

誠司はビールを呷った。

「ところで、兄貴は本当に会社を辞めるのか？」

「ああ」

「で、小説家になるのか？」

「ああ」

「何だか非現実的な話だな」

それは本当にそうかも知れないと思い、私は缶ビールを強く握り締めた。この時既に私は、今目の前にある世界の圧倒的なリアリティの前に屈服し掛かっていた。手の中のビールのアルミ缶は少しへしゃげたが、それは紛れもない実体である。どうしてこれが夢などであり得よう。私が小説家であった事、筆一本で淑子と浩を食わせていた事の方こそ、頭の中の夢なのではないのか。実感としてはその可能性の方がずっと大きく、淑子と浩の存在は六十七冊の日記帳諸共少しずつ消えていくような気がしていた。しかし又、ちょっとした事をきっかけにして元の世界が大きく勢力を盛り返す事があり、そんな時は、こんな世界は嘘っぱちだ、ぶっ壊してやるといった自棄な気持ちになって、何もかも投げ出したくなるのである。

「何だか疲れているみたいだな」と誠司が言った。彼の方が余程細かく私を観察しているらしい事に気付き、私はこの時、信頼出来る唯一の存在である彼に何もかもぶちまけてしまおうかという気になった。真っ直ぐに誠司の顔を見ると、見詰め返してくるその視線の中に私への愛のようなものが一瞬垣間見えた気がして、胸が熱くなる。

しかし誠司は極めて合理的な人間である。

もし私が、自分は十年後の世界から来たと真顔で話し始めたなら、彼は私が嘘を言っていない事を直感的に感じ取り、最後まで真剣に耳を傾けるだろう。そして大きく頷きながら密かに私の精神を疑い、頭の中で然るべき医療機関をリストアップし始めるに違いない。父母は離婚していて、我々を引き取った母は数年前に膵臓癌で死に、弟が唯一の身内である。彼に精神病扱いされてしまうのは、上手い手ではなかった。

「ああ。人生は色々大変だ」と言いながら呷ったへしゃげた缶ビールは既に空っぽで、私は最後の一滴を吸おうとシューッと音を立てながら、忽ち、この一滴が吸えたら自分は元の世界に戻るという考えに囚われた。一種の「験担ぎ」である。こんな風に考えてしまう事が度々あり、それは強迫観念のように迫って来て全く抵抗出来ないのである。「ほら」と誠司に差し出された新しい缶を受け取っても尚私は下品な音を立て続け、きっと誠司を少し心配させたに違いない。

江藤亜美子と会った日から、私はただ一つの仕事に集中した。

小説を書く事である。

新人文学賞の上半期の締め切りは六月三十日消印有効で、まだ二ヶ月以上あった。

不潔さや変態性を厭わない直截的な描写の潔さを買うという選考理由によって、私は「新世紀文學α新人文学賞」を取ってデビューした。この文学賞は、『三つ編み脇毛』やその後の『業罰隠者』によって半ば伝説化する事になる坂下宙ぅ吉など、ごく一部のコアな読者にしか支持されない文学的アウトローの為の賞である。考えてみると、私にはこの賞しか拠り所がないのである。絶対に手に入れなければならない。

アパートに籠もり、デビュー作『轟沈』を極力忠実に再現しようと試みた。たかが原稿用紙百枚程度の作品に過ぎない。デビュー後にも何度か読み返した事があり、勿論全て頭に入っている筈だった。

しかしいざ書き出してみると、助詞や形容詞の選択に一々躓いて多くの時間を費やさねばならず、大まかな筋は追えていても文章から発する色や匂いがまるで違っていたり、部分的に精確に覚えているフレーズはそこだけ浮き上がったりしてしまい、近付こうとすればするほど作品は「本物」からどんどん遠ざかっていく気がした。実際のデビューは四年後であるから、日記やノートメモの中にもヒントになるような文章もなく、私は実作者であるにも拘わらず、自分の書いた物を自力で正しく再現する事が出来ないという現実にショックを受けた。「過去の自作の模倣に入った作家は既に死につつある」という言葉を聞いた事があるが、そういう意味ではこの試みは一種の自殺行為だったのかも知れない。「書き手など、作品の下僕に過ぎないのです」と言ったあの選考委員は、恰も私がいずれこうなる事を知っていたかのようではないか。しかし今や私は招かれざる客だった。私を選んで書かせようとする作品などどこにも存在せず、私は兎に角自分の中にある泥やゴミを掻き集めて、意味のない出来損ないをでっち上げているに過ぎない気がした。

いよいよ行き詰まり、夕方から酒を飲んでいてふと思い立ち、縄首駅に向かった。半時間近く歩いて『轟沈』の舞台となったゲイサウナ「マッスルゴールド」に着く。千二百円を払い、ビニールの鞄を受け取ってロッカールームに行く。金曜の夜のせいか、ロッカールームは大勢の客の人いきれでムンムンしていた。私は全裸の腰にバスタオルを巻き、自動販売機で買った缶コーヒーを手に喫煙所に向かった。その時、仲間と談笑していた中年男の一人が私を見て、「美人が来た」と言った声を聞いた気がした。私は天井近くに設置されたテレビを見上げ、缶コーヒーを飲みながら煙草を吸った。五、六人いた男達は押し並べて中年や初老で、三十四歳になったばかりの若い私の方をチラチラ見てきた。私は、禿頭や太鼓腹、弛んだ腕、静脈瘤の浮き出た生白い脚の群の中にあって、羨望の的とは言えないまでも誰もが求める体の持ち主だった。私が亜美子であって、ここにいる男達が彼女に言い寄る男達だとすれば、勝手に手など握られたら即刻振り払うのは当然だと思われた。何一つ尊敬すべき点もなく、唯一無二の魅力も持たない烏合の衆になど用はない。

私は雀に似た一人の初老の男をチラッと見た。雀男は私に控え目な色目を送っていたが、その目には黄疸が出ていて肝臓病を患っていると思われた。亜美子がこの雀男のような存在を萬が壱にも受け容れるような事があるとすれば、それはどういう場合だろうかと私は考えた。もし彼が名の有る小説家だとしたらと想像してみたが、雀男の余りに貧相な撫で肩を見て私は首を振った。

吸殻を灰皿に落とし、立ち上がって空き缶を近くのゴミ箱に捨てた。雀男を含めた半数の男達が私の方に視線を投げ、後の半数はテレビ画面を見上げていた。何のニュースか分からなかったが、ハドソン川から見たニューヨークの摩天楼が映っていた。一瞬、存在しない筈のツインビルが見えた気がして、私はハッとして目を凝らした。

大浴場の中のサウナルームの扉を開けると、暗闇の中に三人ぐらいいた。私は構わず中に入った。外からの光に照らされて水蒸気の中に浮かび上がった彼等の顔は地獄の釜に茹でられる亡者のようで、漆黒の闇に閉ざされるまでの僅かな時間の内に私の全身を目に焼き付けんとする動物的な鋭さが、夫々（それぞれ）の目の中に光った。扉が閉まり、部屋が完全な闇に閉ざされるや、少なくとも二人の手が伸びてきた。一人は私の手を握ってきた。亜美子になり切ってその手をヌルリと外すと私は少し勃起し、もう一人の手に自分の股間が握られるに任せた。嘗て『轟沈』を発表して以来長らく封印して来た、男が女になるという妄想、女になって犯されたいという願望が一挙に蘇った。

最終的に六本の手に嬲（なぶ）られながら、私は身悶えた。存在する事自体が男達に求められる理由となるというのは、彼等を如何様にでも操れる魔法の杖を持っているに等しく、亜美子への強い羨望を覚えた。

しかしこんな蒸し風呂の中にいるのは、十分が限度である。

私は頭をフル回転させて妄想漬けになり、やがて誰だか分からない口の中に精液を放って轟沈した。

そして何度腰を引いても、射精した私の一物を執拗に舌で捏ね繰り回してくる男の頭を手で押し退けて、私は地獄から這い出した。

歯ブラシを三本使い捨てて散々磨いても、キスをした誰かの口の臭さがなかなか抜けず、歯ブラシを見るとピンク色に染まっていた。歯茎から出血していて、ひょっとすると歯槽膿漏かも知れないと思った。確かにこの一ヶ月間、相当ストレスフルな生活をしている。ふと「転落人生」という言葉が頭を過ぎった。

今の今まで、仕事など辞めても、どうせ三十八歳で「新世紀文學α新人文学賞」を取って小説家デビューするのだという考えにしがみ付いていたが、そんな未来はもう少しも確定的なものではない。私は、まだこの世のどこにも存在していない『轟沈』を精確に書き上げられるのだろうか。少なくとも文学賞を受賞するだけの才能はあるという儚い自信も、選考委員の一人が言った「文学賞というのは作品に与えられるものであって、書き手に与えられるものではない」という言葉によって激しくぐらついていた。

もし作家になれなければ、私は何者でもなくなってしまう。それこそ、転落人生。

「マッスルゴールド」の外に出ると、町は静まり返っていた。しかし終電にはまだ間に合うと思い、歩き出した。

行く手は暗く、ネオンの灯りも殆どない。

角を曲がると辻の薄暗い街灯の下にコート姿の女が一人立っていて、通り過ぎようとすると「ねえ」と声を掛けてきた。脚を見ると岩のような筋肉の盛り上がりで、パンティーストッキングの中で太い脛毛が激しく渦を巻いている。顔は青々とした無精髭の剃り痕に覆われ、頬骨に真っ赤な日の丸を描いたおてもやんのような男だった。

この男の心にあるセルフイメージは妖艶な女であり、その事自体は何の問題もない。

しかし私は、その男の姿に自分を重ねた途端、そこに魔法の杖が存在しないという当然の事実に悄然とした。

小説は一月近く掛かって完成し、原稿は百四十枚ほどに膨らんだが、どこを削ればいいのかすら判然としない。その夜、私は「了」の文字を打って保存するとパソコンの電源を叩き切り、身の周りの物を鞄に詰め、バイクを駆って小旅行に飛び出した。隣の県まで南下し、どこかの温泉に一、二泊するつもりで出発したが、途中で雨に降られ、日も暮れてきたので、目に付いた県境の小さな宿に投宿した。

泊まり客は私だけだった。

体が冷え切っていて、二階の和室に足を踏み入れた途端足が縺れて転倒し、宿全体が大きく揺れて階下の女将さんが何やら声を上げた。

家庭風呂のような小さな風呂の湯船の中で膝を抱えていると眠くなり、弟と一緒に社宅の風呂に入っていた子供時代をうつらうつら思い出した。まさか今この瞬間に、あの子供時代にまで飛んでしまったのではないかという気がしてハッと目を覚ますと、一瞬自分がどこにいるのか分からずに長い間周囲を眺め回した後、湯で何度も顔を擦った。

風呂から上がると、一階の客間に質素な夕食が用意されていた。覗きに来た女将に御飯をよそって貰い、吸い物に入ったすり身団子や切り干し大根を食べ、ワンカップの酒を飲みながら煙草を吸った。

空になった皿を下げる女将に「どこから来たん？」と訊かれた。もし「十年後」と答えたら「実はわしもそうじゃ」という言葉が返ってくるかも知れないなどと考えたが、たとえそうだったとしてそれで何がどうなるのか。この女将は七十歳ぐらいに見えた。もし彼女が最近まで齢八十歳で、今目の前にいる彼女は十年若返った姿だとしても、そんな事に何か意味があるとはとても思えなかった。よくよく考えてみると、遡る年数が十年というのは余りにもけち臭い気がする。

「岸田輪市から来ました」私は答えた。

しかし女将は私の返事に反応を示さず、節くれ立った指で皿をむんずと摘んでは盆に乗せていく。私は酔った勢いと旅先の気楽さから、この老婆に何か意地悪な質問を投げてみたくなった。

「十年前に戻れたとしたら、何がしたいですか？」

「何やて？」

「もし十年前に戻れたとしたら、女将さんは何がしてみたいですか？」

女将は手を止めずに聞いていたが、やがて「ああ」と声を上げると、何か思い出したようにじっと私の顔を見た。

「十年かいな」

「はい」

「それはあんた、お父ちゃんに会いたいわいよ」と彼女は答えた。

「亡くなったんですか？」

「丁度十年前に死んだ」

「そうですか」

笑い飛ばされると思っていたので、私はこの真面目な返答に困惑した。すると彼女はふっと息を吐き、私が残した茄子の糠漬けを口に放り込むと「嘘じゃ」と言った。

「は？」

「あんな人には、二度と会いとうないわ」と言って、まだ丈夫そうな歯でバリバリと嚙む。

「そうですか」

「そやけんどな、あの人はうちの枕元に立つんよ」

「会いに来るんですか」

「左様です。そのたんびに、ここは寂しいんや、早うお前も来てくれ言うて、うるそうてしゃあない」

女将はそう言うと、盆を持って立ち上がった。その小さな背中を見送りながら、寂しさの余り嘘を吐いたな、と思った。もし彼女の話が本当だとしても、私には、十年前に死んだ彼女の夫の気持ちがさっぱり分からない。あの世で永遠に同じ相手と一緒というのでは、それは一種の地獄ではないか。

彼女の夫の居る時空と私がいるこの時空とは、何がどう違うのだろうか。私は一体、本当はどこにいるのか。確かな事は、女将の夫は既に死んだという事だ。その事を、彼自身も自覚しているらしい。しかし私は、自分が死んだのか、それとも単に元の世界から消えてしまったのか、何も分からない。彼女の夫は、自分が死んだ時点以降を死に続けている。しかし私は……。

ご馳走様をして、部屋に戻った。

細かな雨が、薄い窓ガラスに吹き寄せられてサーサーと音を立てていた。

私は寝転がって煙草を吸いながら携帯電話を弄っていたが、突然起き上がると発作的に江藤亜美子に電話した。留守電だったので切り、続けて淑子に電話すると「プープープー」という音がした。何度か掛けたが同じだった。誠司に電話してその音の意味を訊くと、「多分着信拒否されてるんだと思うよ」という答えが返ってきた。

そして「兄貴」と言う。

「何だ？」

「この前の時は黙ってたけど、俺、来月結婚するんだ」

「え？」

「式は挙げないけどね」

「そうか。おめでとう。で、相手は？」

「会社の後輩だ。子供が出来ちゃってね」

電話を切った後、私は長い間じっと窓ガラスを眺め、膨らんでは落ちていく雨粒を目で追った。十年後であろうと一万年後であろうと、自然界の物理法則はきっと変わらない。しかし人間の選択や営みに法則はなく、それらは刻々と変化して全く予測が付かないのである。

元の世界では誠司は独身で、子供もいなかった。

そして淑子はどうやら、私の前から姿を消そうとしているらしい。

既に一寸先は闇なのだ。

■

私はその後淑子を捜したが、彼女は鳥居工業を退職し、女子アパートからも引っ越していた。亜美子の携帯からも繋がらないのだという。「淑子の事が気になるのね」と亜美子に言われ、「いや、君と話すための口実だよ」と答えた自分を私は少し嫌悪した。大学の卒業アルバムに実家の住所が記載されていると亜美子が言い出し、この女は私の事が満更でもないのかも知れないと希望を抱いたが、彼女はただ淑子が心配なだけのようだった。喫茶店で落ち合った彼女が持ってきた赤い革表紙の卒業アルバムは、嘗てその中の亜美子の水着写真でオナニーをした事があったので見覚えがあった。うろ覚えだった淑子の実家の住所を私はメモした。亜美子に淑子宛ての葉書を書いて貰って出したが、返事は返って来なかった。私は、亜美子の兄の車を借りて、彼女と二人で淑子の実家を訪ねるという絶好の機会を手に入れた。亜美子の家はちょっとした素封家で、彼女は友達のブティックの手伝いをしたりボランティア活動に参加したりしていつも忙しそうにしているが、本当は意外と暇なのだと分かったのも一つの収穫だった。

淑子の実家までは高速道路を経由して二時間ほど掛かり、私は記憶を辿りながら車を走らせた。運転が極端に下手らしい亜美子は、カーナビ通りの指示を逸れて裏道を行き、缶コーヒーを買いに寄ったコンビニの駐車場に素早くバックで車を入れる私に向かって「運転が上手ね」と言った。彼女が私に言った初めての褒め言葉であった。美人にとって、自分と同じように単に顔の良いだけの美男子など、面白くも何ともないに違いない。私は、彼女が持っていない能力を持つ事が亜美子をゲットする絶対条件だと思い定めた。

二人で訪ねると、十年後も変わらない家の玄関に義母が姿を現した。

「仕事で淑子さんにお世話になっていました江川です」と自己紹介した私をチラチラと見てくる義母の目には、何もかもお見通しなのではないかと思えるような鋭さがあり、私に対する敵意のようなものすら感じられた。ひょっとすると義母は、既に淑子から私の事を聞いているのかも知れない。淑子とはまだ数回食事をしただけでキスすらしていない筈だったが、彼女は素敵な人が出来たと嬉しそうに母親に話し、名前まで伝えていたとしたらどうか。であれば、娘を捨てた江川という男が新しい女を連れてのこのこと訪ねて来たという馬鹿げた事実に対して、義母は内心憤慨しているに違いない。本来もっと愛想のいい女性である筈の義母のこの不機嫌さも、これで納得がいく。

「淑子のお母さん、きっと何か隠してるわ」

帰りの車の中で、亜美子が言った。

「ああ。兎に角、淑子さんの居場所を何としても突き止めないといけない」

「どうしてなの？」

「何が？」

「どうして江川さんは、淑子の居場所をそんなに突き止めたいの？」

「それは、彼女が江藤さんの大切な友達だからだよ」

「それだけ？」

「そうだよ」

「本当に？」

「ああ」

亜美子はこの日の別れ際、車の中で軽いキスと乳房へのタッチを受け容れた。彼女のこの投げ遣りな行動には、淑子への嫉妬の感情の他に、私が三十四歳にしては世慣れた落ち着きを持ち、単に変な人間ではなく実は思いの外大人だったと彼女が気付いたせいかも知れない。私の中で殆ど神格化の域にまで達していた亜美子。その体の、乳房という最も柔らかな部分に手を触れ、唇を重ねて多少なりとも互いの唾液を交換する事には、勃起すら忘れさせるほどの興奮があった。

聞けば付き合っている男がいて、自分が少し遊ぶのは構わないが彼氏の浮気は絶対に許せないなどと意味不明の事を言う。しかし私にとってそんな幼稚な理屈はどうでもよく、重要なのは彼女の耳の後ろの甘い匂いと、唇の密着度の高さと、葛餅のような弾力と柔らかさを持った美乳だった。それらを総合し、私は矢張り亜美子が私の知る全ての女性の中で最高の体の持ち主だという結論に達した。最後に彼女が私の体を押し戻した時、私は彼女の鼻息の少し風邪っぽい匂いを嗅いだ。その瞬間、彼女は神から人間の女となり、私は漸く勃起した。

「また会ってくれるよね？」

彼女の家に車を返し、そこからバイクで帰る自分を少し間抜けに感じながら、私は精一杯大人ぶってそう訊いた。「はい」と彼女が言い掛けた時、突然鳴り出した携帯電話に平然と出て「あ、もしもし。今晩は。今？　平気です平気。うん、明日の晩、いいですよ」と言いながら一方的に私に手を振ってくる亜美子を見て、私はどんな手を使ってでもこの女の体をものにし、足の指から尻の穴まであらゆる部位を舐め尽くそうと心に誓った。

その後、淑子を出汁に使って何度も亜美子に接触を図ったが、キスした時の私の口が臭かったのか、それとも耳の後ろに執拗に舌を這わせ過ぎたのか、彼女からの色好い返事が返ってくる事はなく、やがて梅雨から夏になって女達の露出度が上がってくると有り金をデリヘルやソープランドにつぎ込んで性欲の処理に努めながら、事ある毎に亜美子の体を思う夏を私は過ごした。

「夏が終わると、文学賞の途中経過が発表になります。いよいよですよ」

亜美子への暑中見舞いにそう書いて投函した時、ポストの腹の中から聞こえたカサッという音に未来を約束する確かな手応えのようなものを感じた気がして、思わず弛んだ自分の口元を押さえて私は目玉をキョロリとさせた。

四

秋風が吹く頃、新人文学賞の中間発表が載った「新世紀文學α」を本屋で立ち読みした。二次予選の通過作以上の六十編が掲載されていたがその中には私の作品どころか、記憶にある筈のこの時の受賞作のタイトルすらなく、私は雑誌を手にしたまま後ろに倒れそうになるのをゆらゆらと堪えながら、もうそろそろ金がないがこの先の生活をどうしようかと考えた。『轟沈』が一次選考すら通過しなかった事は、確かにそっくり同じ作品ではないにしても矢張りどうしても納得がいかず、四年後に『轟沈』を選ぶ筈の同じ顔ぶれの選考委員達を馬鹿ではないのかと思い、「新世紀文學α」を棚の上に放り投げた。

炎天下の中、喫茶「ひまわりん」まで歩く。

屋根の上ではキャラクターの「ひまわりん」が陽に焼かれながら、「お前、これからどうすんだよ」という顔で私を見下ろしていた。私はアスファルトの上から小石を拾い、もしこれが当たったら、私は必ずベストセラー作家になると念じて投げ付けた。するとコンッと小さな音が鳴って勢い良く石が跳ね、私が小さくガッツポーズをすると、子連れの若い母親が非難するような目で睨みながら通り過ぎていった。

まだ陽が高いので紙魚女は働いておらず、見覚えのない中年女が注文を取りに来た。私は会社勤めではあったが外回りが多く、昼間の時間にも何度も来ていたがこの女の顔は思い出せなかった。恐らく私がこの世界に来て以降に採用された女だ。

「オムライスとアイスコーヒー」

「畏まりました。よろしければこれをどうぞ」

女が新聞を差し出してきたので、私は受け取った。この店でこんな事をされたのは初めてで、これはこの女独自のサービスなのだろうと思った。

元の世界からの習慣で一頻り日記を記し、新聞を開いた。私は既に、幾つかのニュースに違和感を持っていた。どことはっきり示すのは難しいが、あった筈の事が起きておらず、起きていなかった事が生じているような気が、ずっとしている。

人は十年前のニュースなど、殆ど覚えていないのだ。

しかし淑子と結婚したこの年に、私には印象深い事件があった。それは音楽グループ「アナムネーシス」の女性リードボーカリストの死である。淑子はアナムネーシスの曲が好きだった。十一月の式で彼等の曲を流したいと彼女が言い出した時も、私は特に反対しなかった。年末の、その年のニュースを振り返る番組でもアナムネーシスの曲はよく流れた。

「そう言えば、この歌手死んだんだったな」

「あなた、知らなかったの」

「知ってたさ」

そんな会話をした覚えがある。闘病中だったその女性ボーカリストが病院の屋上から転落死したのは、確か夏より前だった。しかし未だに、どのテレビも新聞もインターネットも彼女の死を報じていない。恐らく彼女は死んでおらず、今も病気の療養を続けているのである。だとすれば、我々は死んだ筈の彼女のその後と同じ時空を共有している事になる。彼女と直接会う事も、決して不可能な事ではなかろう。

死者が死なずに生きているというこの世界は、一体何なのだろうか。

恐らく沢山の死亡事故や、テロ、内戦や空爆による犠牲者が今も死なずに生きていて、そして生きていた筈の人間が既に死んでいるのに違いない。私にしたところでこの先十年生き続けられるという保証は、もうないのだ。

私は、新聞の書籍の広告欄を眺めた。「十万部突破」「たちまち八刷!」などの景気の良い宣伝文句が並んでいる。その内に、同じベストセラー本でも記憶に残っている書名と、全く知らない書名とがある事に気付いた。勿論ベストセラーの全てが頭に入っているわけではないが、ひょっとすると本の内容も私の知っている内容と微妙に違っている可能性があった。

「ひまわりん」を出て、本屋に寄って立ち読みした。

オリジナル本との異同を簡単に確認するポイントは、内容ではなく装丁にあった。特に表紙の色合いやデザインの違いは、記憶力の弱い私にも何となく分かった。しかし売れている本というものは、装丁が多少違っていても、一般読者の心を摑む強いオーラを放っている点では共通している。

既に読者そのものが微妙に変わっているだろうから、精確な予測は難しいに違いない。しかし私は、自分にもベストセラー本が書ける事に思い至った。少なくとも私は、向こう十年間のベストセラー本のタイトルぐらいは大まかに知っている。勿論それだけでは本は書けない。私は、自分の小説すら正しく再現出来ない書き手なのだ。しかし私の頭の中には、大変面白い内容を細部に亘って記憶しているベストセラー小説が少なくとも一つはあった。私はその本を、自分の書いた本とタイトルが似ているという理由だけで購入したのだが、読み始めたら止められなくなって一気に読了した。文体はやや稚拙さが目立ち、寧ろ私の方が上手いに違いなかったが、しかしそのストーリーの奇抜さには舌を巻いた。この小説に限って言えば、他人である私が書いた方が恐らくより優れたものになるという直感があった。私はこの書き手の未熟さに感謝した。これが世に出るのは数年後の筈であるが、既に歴史は変わっている。もう著者は書き始めているかも知れず、明日出版されないとも限らない。私は一刻も早くこれを書き上げ、出版社に持ち込む事を考えた。

その日以来、『ブラック・キングダム』は私が書くべき私のオリジナル小説になった。純文学の賞でデビューした私にとって初めてのエンターテインメント小説は決して簡単ではなく、矢張り所々記憶も曖昧で、滑り出しは順調とは言えなかった。しかしノートに登場人物を書き出してくっきりと色分けし（その中の一人は「紙魚女」がモデルである）、章立てを最後まで細かく整えてからは、一日に十枚二十枚と書く速度が上がってきた。一日五枚書くのがやっとだった昔（未来？）とは違い、ノッてくるとキーボードを叩く手がピアノを弾くようにリズミカルに運び、無駄な力が抜けて笑い出したくなるような高揚した気分になる時もあった。そんな時は、書く事に過剰な意味付けをし、一つの言葉を紡ぐのにも魂から搾り出すように苦しむのが当然だと信じていた私の純文学的な思い込みは一体何だったのかと、首を捻らざるを得なかった。

やがて、初冬の冷たい風が吹き始めた。

小説も中盤を越え、全ての登場人物がラストの一点に向かって力強く動き始めていた。書く事が愉しくて堪らず、私は寝る時間すら惜しんで書き続けた。そして或る日の夜、ふとキーボードを打つ手を止めて煙草に火を点け、壁のカレンダーに目を遣った。

十一月十七日だった。

土曜日。大安。

淑子と結婚した日だ。

あれ以来、私は一度も淑子と接触していない。淑子はどこに行ってしまったのか。何故彼女は会社を辞め、アパートまで引き払う必要があったのか？　それは私のせいだろうか。萬が壱私のせいだとして、それは私が彼女を選ばなかったからだろうか？　しかしそんな事が誰に分かろうか？　私はまだ誰も選んでいないではないか。淑子も亜美子も選んでいない。私は独りで小説を書いているだけの、冴えない無職の独身男に過ぎないのである。

淑子の逐電には、きっと私が知らない別の理由が存在する。

それが事故や事件でない事を私は願った。彼女の実家の親は、恐らく淑子と何らかのコンタクトは取っている。でなければ彼等は我々にもっと情報提供を求めただろうし、警察に捜索願も出していただろう。

だとすれば、彼女はきっと無事なのだ。

気が付くと手に持った煙草が根元まで燃え尽きていて、灰皿に辿り着く前にキーボードの上に灰を落とした。

私は口で灰を吹き飛ばした。

そしてふと、何の為にこの小説を書いているのだろうと考えた。

ベストセラー作家になって亜美子を振り向かせたいという理由だけではなく、私は淑子の為にもこれを書いている筈だった。そんな気がした。小説が売れたら、新聞や雑誌に広告や記事が載る。それをきっと淑子はどこかで見るだろう。私はそれを期待しているのに違いない。ベストセラー小説を書く事によって淑子の無事を確認する事を。

それはとても重要な事だ。

「おしっこがしたい」

突然、淑子の声が聞こえた。

私は虚空を見詰め、その声に向かって「立てるか？」と訊いた。
「物置の左の上の方にアレがあるから」と淑子の声が答えた。
私は自分の部屋を見回した。
しかしこの部屋に物置など存在しない。
「どこにあるんだ？」と私は訊いた。
返事はない。
「アレはどこだ？」と私は声を上げた。
耳を澄ましたが、何も聞こえない。
やがて遠くの方から、微かに犬の遠吠えと踏み切りの音がした。
私は椅子から立ち上がり、窓を開けて夜の闇を凝視しながら「淑子、アレがない」
と呟いた。

11

印字した小説を書類鞄に入れ、誠司から五万円を借りて上京した。

年が押し詰まりつつあった。

業界の人間の振りをして「掘り出し物を持って行く」と事前に電話し、徳川出版に芳賀を訪ねた。文芸部の奥から、ゴール寸前のマラソン選手のような走り方で出てきた彼は笑い出したくなるほど若かった。最初はニコニコしていたが、単なる持ち込み原稿だと分かると忽ち顔を曇らせ、「うちは持ち込みはやってないんですよねー。徳川長編賞の方に応募して下さいませんか」と言った。

入り口近くでの、立ち話だった。

「煙草吸ってもいいですか？」

「ここは禁煙ですよ。そもそもどうして私を御存知なんですか?」

「何度かお会いしています」

「そうですか」

「芳賀さん、騙されたと思って最初の十枚だけでも読んでみて下さい」

すると芳賀は笑った。

「持ち込みの方は、皆さんそうおっしゃいますね」

私は別の出版社にしようかと一瞬迷ったが、芳賀とリベンジがしてみたいという思いを簡単に諦める気にはなれなかった。私が芳賀に対してリベンジするのではない。彼と一緒に小説というものに対してリベンジするのである。

「私はこのまま東京で待ちます」

「もう年末ですよ」

「これが連絡先です」

私は名刺を手渡した。

「何だ。手書きじゃないですか」

「正式な名刺です」

「明後日から会社は休みに入って、仕事始めは四日です。しかし四日は金曜日だからちゃんと仕事が始まるのは七日からです」

「今日と明日で読んで下さいませんか」

「そんなの無理ですよ」

「頼みましたよ。これは最低でも二百万部は売れるブツです。明後日のこの時間に私はここに来ます。その時迄に読んでなければ、原稿は持ち帰って他社に回します」

社屋の外に出ると日が落ちていて、繁華街はクリスマスのイルミネーションに満ちていた。私には、芳賀が間違いなくこの小説に食い付くという確信があった。街の全ての灯りが、恰も私の為に輝いているような気がして、擦れ違う二人連れの若い娘に「今晩は」と声を掛けると、一人は警戒したが、もう一人の娘は「今晩は」と笑い返してきた。我々はただその一瞬の関係に過ぎなかったが、私はそれだけで充分に満たされた。

LEDライトで飾られた街路樹は幻想的な青い灯を放ち、そばに寄ってしげしげと眺めると、木肌は荒れて夥しい傷が付き、異様な伸び方をしている枝が目に付いた。『ブラック・キングダム』が自分の作品ではないという事実が心の中で通奏低音のように鳴っていて、ふとしたきっかけで私の気持ちを酷く暗いものにするのはこういう時だ。しかし本当は、街路樹は傷付いたり歪んだりしていない。そういう事が問題になるのは、十年後の事である。

私は二ヶ月足らずで六百五十枚の原稿を書き上げた。遅筆の私にしては、一種のトランス状態とも言える日々だった。確かにストーリーの枠組みは他人のものだが、語ったのは私である。恐らくこのストーリーは神話のようなもので、私のものでないと同時に彼のものでもないに違いない。面白過ぎる、というのがその理由だ。余りに面白いストーリーは、一個人の思い付きなどではない。それは個人を超えた普遍的なものである筈だ。我々書き手は、その普遍的な物語を語る単なる語り部に過ぎない。この小説を「語った」私は、今昔物語から想を得た芥川龍之介と異なるところはない。つまりこの小説は、私のオリジナル作品に違いない。

私は喫煙エリアで煙草を吸いながら、何度も繰り返し考えてきたこの退屈な理屈を飽かず反芻した。

灰皿の周りに酒に寄った男達が屯して、下らない話をしていた。

「良い女だよな彼女は」

「御意」

「最高だ」

「御意」

「したいなあ畜生！」

「ぎょぎょっ……御意！」（全員で唱和）

まだ二十代だろう。こういう連中の、見境なく女を求める過剰なエネルギーが私は大嫌いだった。彼等の中に亜美子を投げ込むのは、鰐園に肉のブロックを投げ込むようなものだ。全ての鰐を倒して肉を独り占めする事など、とても自分に出来るとは思えない。つまり私は、この連中を恐れているのである。そして私も又一頭の、肉の事しか頭にない弱い鰐に過ぎなかった。

カプセルホテルに泊まり、大浴場の明るいサウナに入って旅の汗を流した。サウナルームの中のテレビは、今年の重大ニュースを流していた。アナムネーシスのニュースもなければ、テロや内戦のニュースもない。もう分かっている事だったが、この世界は少なくとも私が知っていた世界よりも遥かに平和なのだ。どういう事なのか分からない。自然災害は同じように起こっているように思えたが、人が殺し合うような陰惨な出来事は全く起こっていない。元の世界で日常的にあった筈の残虐な犯罪も、国家間や民族間の衝突も、少しも起きていなかった。嘗ての我々が目指していた世界平和、国連の目指していた理念が、この世界ではかなりの程度実現している。画面の中のどの国の人々も、笑顔で一杯だ。だとすれば、私は完全に別の世界に居るのである。多くの国際問題には長い歴史があり、それがここ数年で急激に緊張緩和しつつあるらしい。それは、私がこの世界に来る前からの変化である。幾多の人間が歴史を動かし、この世界を元の世界と異なるものに変えつつあるのであろう。彼らはきっと自覚的に行動している。使命感を持って。世界はぐっと平和になった。何か私の知らない巨大プロジェクトが進行しているのだ。そして私が社会の動きと殆ど関係のない位置に居て、私的な事柄にしか関心を持たないのは元の世界の時と同じだ。そもそも、私は元の世界の世界情勢そのものが殆ど頭に入っていない。従って、何がどう変わったのかも、精確に分からない。確実に分かるのは、戦争やテロや犯罪が激減し、犠牲者が殆ど出ていないという事である。それは素晴らしい事だ。そして社会の変化は、常に私とは関係のない所で起こる。

錠剤を飲んだのは五月だったから、年が明けるとこちら側の世界に来て十ヶ月余り経過する事になる。

私はタオルを握り締めた。

サウナルームの椅子に敷いてあるこの黄色いバスタオルの方が、私の記憶などより遥かに確かな存在なのだ。私は自分の太腿を叩き、その若い肌の音を疑う事が出来ない自分を思った。こんなにも確かなこの世界よりも、単なる記憶でしかない元の世界の実在性を優先させる事には、もうそろそろ限界が来ているのではないだろうか。

私は疲れていた。

風呂を出て自動販売機で缶ビールを買い、喫煙コーナーで煙草を吸いながら二缶空けた。何人かの宿泊客が煙草を吸いにやって来たが、皆自分自身の孤独と向き合っていて、話し掛けて来る者など誰もいない。執筆の無理と、酔いと、そして矢張りどうしても付き纏って来る「別の世界」の存在とで足許をフラ付かせながら部屋に戻り、梯子を上ってカプセルの中に転がると、頭の中で二重の世界がぶつかり合い、互いを齧り合うようにして砕けていき、無数の破片が混ざり合って渦を巻いた。私はその渦の中に落ち、丸で挽き臼に潰されるように細切れにされながら、正体を失っていった。

5

翌年四月に『ブラック・キングダム』は出版された。

重版迄に二ヶ月を要したが、アナムネーシスのボーカリストがツイッターで絶賛した事をきっかけに勢いが付き、彼女の帯文を巻いた途端に火が点いた。これらは全て、芳賀の戦略だった。八月には十万部、九月には二十五万部、十一月には七十万部に達し、その勢いは止まる気配がない。私は沢山の取材を受け、テレビにも出た。

雑誌の誌上対談で、アナムネーシスのボーカリストの北條あかねとも会った。既に死んでいる筈の彼女は私に向かって「この小説を読んで、生きる力を貰いました」と言った。

「有難う御座います。ところで、お体の具合はどうですか？」

「はい。転移もなく、今のところ順調です」

「大勢のファンが、あかねさんの元気な歌声を待っていますから」

北條あかねは亜美子並みのプロポーションの持ち主だったが、そんな外観よりも抜群の聡明さと天性の才気の方に私は圧倒された。そしてそんな彼女が私を見る視線に、どこか見覚えがある気がした。その後これと同じような熱い視線を、私は沢山目にする事になる。その年の暮れに江藤亜美子に会った時も、私は彼女の眼差しに同じものを感じた。

「久し振りだね」

「突然連絡して御免なさい」

特に用はなく、何となく会いたくなったのだと言い訳がましく説明する亜美子に北條あかねのようなオーラはなく、如何にも地元で飲んでいるという凡庸な空気に私は少し鼻白んだが、しかし彼女が見せ付けてくる姿態には相変わらず惹き付けられた。薄暗いバーでカクテルを飲みながら彼女と視線を合わせていた時、私は不意に「飛魚食品組合」でスポットライトを浴びていた女達の目を思い出した。亜美子は、彼女達の目と全く同じ目で私を見ていた。これは、女が男に媚びる目だ。

「可愛いね」私は亜美子の頬を撫でた。

「ホント？　淑子の方が好きなんじゃなかったの」

止めろ。

「そんな事はないよ」

「淑子はどうしているのかしら」

「君の方がずっと好きだよ」

飲んだカクテルが喉に迫り上がってくるのを無理矢理呑み下し、私は亜美子の太腿の上に手を置いた。

店を出て、駅裏のホテルの前で亜美子の肩を引き寄せた時、私は芳賀の言葉を思い出した。

「原稿を持ち込んだ時には既に、江川さんには未来が見えていたんですね」

しかし亜美子をすんなりとホテルに誘う事が出来た時、私にはその先の展開が丸で読めなかった。分かっていたのは私が亜美子の体を欲している事と、彼女が私に対して今正にその体を開こうとしている事だけだ。

ホテルの部屋に入り、薄暗がりの中で、ベージュのセーターを着た亜美子はどっとベッドの上に仰向けになった。その起伏に富んだ体は月の砂漠を思わせた。ずり上がったスカートから露わになった二本の太腿の肉は程好く弛緩し、互いに密着して大切な秘部を隠し、大転子の膨らみは豊かな尻肉を約束している。私はその腰の形を両手でなぞりながら彼女に馬乗りになり、唇を駱駝のように尖らせて、首に浮き出た胸鎖乳突筋の上に這わせた。キスをすると、以前車の中で嗅いだ風邪っぽい匂いがした。服を脱がされた亜美子は、酔いが回っていて積極的に動く気配はなく、私は自在に彼女の肢体を曲げ伸ばす自由を手に入れた。シャワーを浴びていない体は薄っすらと一日の疲れを帯び、股間や足指からはほんのりと臭みが漂っていたが、それは彼女の全身を舐め回すという私の当初の目的を妨げるどころか寧ろ薬味として作用した。足の裏を持って両脚を蛙のように開閉させ、体を裏返したり斜めにしたり折り曲げたり擦り付けたりしている内に、私は堪らなくなって射精した。抱き合ったまま寝落ちし、目覚めると彼女を起こして一緒に風呂に浸かり、明け方まで猿の様にセックスし続けた。間違いなく、亜美子の体は私の四十年余りの人生の中で最高のものだった。我々は、セックスを重ねれば重ねる程互いの体が合っていくという、実に幸運な関係を手に入れた。私の挿入の角度や彼女の腰の捻り具合が僅かに異なるだけで、我々は相手に全く新しい性的魅力を発見する事が出来た。それは強い麻薬のようで、互いに暇と金があった事も手伝って「もう一生分のセックスをした」と彼女に言わしめる程の没入を齎した。

その熱狂が徐々に冷え始めたのは、いつだったろうか。それは真昼間のホテルの露天風呂で、陽光を浴びた亜美子の背中に小さなニキビを見付けた瞬間だったかも知れない。彼女を背中から抱きながら、その乳白色の頭頂部と薄桃色の裾野とをじっと凝視している内に、自分の中から大切な何かがコソッと抜け落ちたのを感じたような気がする。或いは、私が盛んに振る腰の動きに合わせて亜美子が上げる「ああ」という嬌声が、ただ一度だけ「ああ？」と尻上がりになった瞬間に中折れしてしまった時以降、私の中に、亜美子の嬌声が高まれば高まるほどそれが今にも「ああ？」という疑問文になってしまうのではないかという恐れの感情が芽生えてしまった事が原因だったろうか。そして亜美子の方でも、煙草臭い私の息や、腋臭っぽい体臭、執拗な足舐めや肛門への過度の執着などに、次第に辟易していったものと思われる。この冷却を埋める方法は、一つしかなかった。

我々が結婚したのは、私が三十六歳、亜美子が二十六歳の早春だった。アナムネーシスの活動が再開してウエディングソングがヒットしていた頃である。亜美子はその曲を使いたがり、北條あかねから祝電が来る事になっているから流さないとまずいと芳賀も言ったが、私は固辞した。いつもどこかに、淑子と浩の視線を感じた。

瞼に浮かぶ、斜に構えた目で私をじっと見てくる浩の顔は可愛くもあり憎くもあった。私は亜美子との間に子供を作るだろうか。我々の間に生まれてくるのは、まともな子供だろうか。それとも浩のような子供だろうか。私には何一つ見通しがなかった。

式には誠司夫婦と甥も来た。私は彼に礼を言い、返し忘れていた五万円を手渡した。

「非現実が現実になったな」と彼は喜んでくれた。私は義妹と甥の姿を眺め「俺にとっては現実が非現実になったんだ」と言い掛けて止めた。

披露宴でワインを注ぎに来た芳賀が、「そろそろ次行きますか!?」と言った。

「二次会にはまだ間があるよ」と私が笑って答えると、彼は両眉を吊り上げた。

「何を言ってるんですか。次回作の事に決まってるじゃないですか先生!」

『ブラック・キングダム』は二百万部には届かなかったが、当分は遊んで暮らせる印税が手に入った。私は亜美子との新居として5LDKのマンションを借り、BMWを買い、腕にオメガの時計を嵌め、好きな作家の全集本を数セット揃えた。売れない純文学作家だった私は、本が売れる作家がどういう存在かを理解した。編集者の態度も、私が知っている態度とは大きく違っていた。芳賀の卑屈とも言える態度に腹を立てた事もあったが、しかし芳賀に関して言えば、昔（未来）の彼が私のような作家に示してくれた我慢強さに、寧ろ感謝する気持ちの方が強かった。私は彼とタッグを組み、一応のリベンジを果たした恰好ではあったが、本当の勝負がこれからである事は言うまでもなかった。

「点が一つでは、誰も方向性は読めません。次回作が二つ目の点です。点が二つになると線が引ける。その線の傾きが、上を向いているか下を向いているかです」

芳賀はそんな事を言った。

私はじっくりやりたいと言ったが、芳賀は、それも分かるがこの勢いを駆って上れる所まで一気に上るべきだと盛んにけしかけてきた。彼はまだ若く、作品は当然作家の中に眠っているものと思っていた。しかし私には、小説が詰まった蔵の持ち合わせなど勿論なかった。ストーリーがない訳ではなかったし、彼も色々提案してくれたが、それらの歯車は夫々が徒らに回転するばかりで、どれ一つとして噛み合う事がなく、必要な駆動力に結び付かない。

彼は何度も私の所に出向いてきた。

「勿論幾らでも待ちますよ」

彼は五杯目のドライマティーニを嘗めながら言った。

「降りて来なければ仕方がないですからね」

私は、この目は長編老人小説が頓挫して二人で自棄酒を飲んだ時の顔だ、と思い出した。

「イメージで言うとだね」私は言った。

「小説という流れがあり、小説家という流れがある。その二つの流れが嚙み合う瞬間というものがある。それが作品がこの世に生まれ出る時なんだが、それは書き手の自由にならんのだよ」

すると彼は「何を青臭い事を言ってるんですか」と怒り出した。酔うと本音を言う分かりやすさは変わっていない。

「一定レベル以上の作品をコンスタントに書き続けてこそですよ江川さん。それはディシプリンの問題です。待ってちゃ駄目です。攻めないと」

私も負けずに六杯目のセックス・オン・ザ・ビーチを干した。

「書くという営みはだね芳賀君、両足を太いゴム紐で縛られた状態で魂の一番深い部分に降りていって、底の底の泥を一摑み掬い取ってくるという事なんだ。しかもその泥の中には蠍(さそり)もいれば毒蜘蛛もいて、体は縮もうとするゴム紐によって絶えず表層へと引き戻されようとする。しかし小説の原石はその恐ろしい泥の中にしかないんだな。

命がけなんだ。そう簡単にはいかんよ」

この理屈は、私が連日書斎や喫茶店で日記に書き付けている自分へのエクスキューズだった。

「ちょっと難しく考え過ぎじゃないですか江川先生」

「純文学の方に行ってみたいんだがね」

「は？」

「『新世紀文學α』に短編を送ろうと思っているんだ」

芳賀はバーテンダーに六杯目を注文し、太い煙草の煙を吐き出した。

「まあ、それもいいでしょうが」

彼はピースライトを吸っていた。スピリットの前はこれだったのか。

「しかしそれはあくまで最高のエンタメを書くためのディシプリンの一環であるべきですね。どっぷりと、そっちの方に行っちゃう事には私は反対です。百七十万人の先生のファンが次回作を待ってるんですから」

「ちょっとトイレに行って来る」

「どうぞ」

私はトイレの中でスマホを操作した。綴りが分からず苦労したが、やがてディシプリンが「修練」という意味である事を知ってホッとした。わざわざ面倒な横文字など遣うな。

亜美子は文学にまるで関心のない女で、贅沢に慣れていた。生来の貧乏性である私は、彼女がスーパーのチラシを無視し、値引きや特価などに何の関心も持たない事を苦々しく思った。友達とランチをして来る、美術館に行く、歌舞伎を観てくると言っては度々出掛け、デパ地下で高級な総菜を買い込んで来ては、気が付くと髪型や爪が豹変している事も一度や二度ではなく、私は次第に、自分の事にばかり忙しい彼女と一緒に暮らしている意味がよく分からなくなった。

たまに近所のスーパーに車で一緒に行くと、値段など一切確認せずに目に付いた商品を次々に籠に放り込む。「こっちの方が安いじゃないか」と言うと、「そう」と返事はするが取り替える風もない。かと思えば、テレビで見たという健康食品を探してスーパーを何軒も梯子する事もあった。調味料の棚に醬油のミニボトルを見る度に、私は亜美子の後ろ姿を恨みがましく睨み付けた。しかしその腰付きは矢張り素晴らしい張り出しで、店内を徘徊する他の女達とは比べ物にならない。私は最近めっきり少なくなった彼女との交接を思い、自分の不甲斐なさに腹を立てた。

亜美子が私を愛していないという事ではなかったと思う。互いの凹凸を擦り合わせながら一体化していくのが夫婦というものの本来の在り方だとすれば、私の中にだけ存在する「妻」という鋳型に彼女を無理に押し込めようとしていた事が、我々の齟齬を次第に深めていったに違いなかった。彼女がテーブルに並べる食事はどれも美しい見栄えで、それが美味しければ美味しいほど私は不満を募らせた。食事というものは見栄えや味ではなく、見た目は今一つでも健康に資する事を第一義とすべきであって、ならば寧ろ一見グロテスクであってしかるべきだという滅茶苦茶な理屈が頭の中を駆け巡った。淑子、浩と三人で囲んだテーブルを、私は頻りに思い出していた。亜美子にとっては、私が何を不満に感じているのか到底理解出来なかったに違いない。

私は亜美子が隣で寝静まった頃合いを見計らっては寝床から起き出し、書斎や台所でわざと大きな物音を立てるようになった。

「何をしているの？」

テーブルに向かってノートを広げ、煙草を吸いながらビールを飲んでいる私に、薄暗がりの中に立つ寝ぼけ眼の亜美子が声を掛けた。私はパジャマの上だけを羽織った亜美子の長い脚を見て、押し倒したい衝動に駆られた。

「小説の事を考えてるんだ」

「眠れないじゃないの」

「閃きは、待ってくれないからね」

亜美子は私のビールを取り上げて一口飲んだ。こういうところは、亜美子ならではの反応だ。

「いい加減にしてよ」

そう言うと、彼女はベッドに戻って行った。その尻肉の豊かさを見て、結局この女は私の手に入らなかったのではないかと思った。手を伸ばせばいつでも触れられるにも拘わらず、その尻肉は無限に遠くにある気がする。男なら誰もがむしゃぶり付きたい尻であるだけに、却って無性に腹立たしい。

或る日、バレエを観に行くと言う彼女を玄関先で見送った。

ファッションモデルのような彼女を眺めながら、私は言った。

「仕事場を借りようと思うんだが」

亜美子は小首を傾げて私を見返し、表情一つ変えずに言った。

「どうぞ」


昔の仕事場の様子を見に行くと、庭先に知らない男が佇んでいた。単身者らしかった。という事は、老母を介護する看護師はこの男の後に入居したのか。

不動産屋に確認すると、その男は三年ほど住んでいるらしい。

「あの人は、ゴールデンウィーク中に出て行きますよ」不動産屋の店員はそう言った。すぐに何か手を打たないと、残念だが君の若禿げは着実に進行するよ、と私は心の中で彼に忠告した。

「その人の後に、すぐ入居したい」

「待ってる方がいらっしゃるんですが」

それは看護師の事だろう。

「家賃を二万円上積みする」

「畏まりました」

私という一粒の石が落ちた事によって、看護師とその母親は入居先を失った。そして『ブラック・キングダム』を書く筈だった若手作家は、まだ一作のヒット作も出せずに燻ぶったままだ。こういう事が連鎖反応して、時代そのものをすっかり違ったものにしていくのであろうと思われた。しかし私は自分の存在がこの世に何を惹き起こす事になるかを予測する事は出来ず、自分の人生すら何も分からない。確実に起こるのは自然災害だけだ。

そして私の記憶には、自然災害の日時など殆ど残っていない。
ただ一つを除いて。

六月に、仕事場を借りる事が出来た。家賃は七万円という事で折り合いが付いた。私は一人の夜の時間を手に入れた。人間というのは、同じ環境に置かれると同じ事をしてしまう。荷解きがいち段落してネット環境が整うと、私は長く忘れていた「熟女の品格」を唐突に思い出し、検索した。しかしそんなデリヘルサイトは影も形もなかった。散々思い出そうとして思い出せず、数日後にやっと閃いた「まあこ」という名前で検索しても、まるで見当違いのものにしか引っ掛かってこない。「熟女の品格」は永久に姿を現さないかも知れないと思った。しかし「熟女メイト」や「貴殿の熟女館」など、似たようなサイトは幾つもあった。そもそも「まあこ」などを探して、私はどうするつもりだったのか。

金に飽かして購入したマッサージチェアや迫力ある映像が楽しめる大型テレビの備わった仕事場など、小説を書くには一向不向きで、私の筆は全く進まなかった。しかし距離を置いた事で亜美子との関係は或る程度改善し、時々気晴らしにホテルで一泊して夕食後に交接したりするような機会も生まれた。亜美子ほどの良い女であっても、ずっと一緒に居ると兄妹のように思えてどうしても萎える。

亜美子は確かにまだまだ美しかったが、美しい妻を娶った夫はずっとその劣化にも付き合っていかなければならないという事も、発見と言えば発見だった。白髪一本、染み一つだけでこの世の終わりのように大騒ぎする彼女自身、この先ずっと加齢という脅威に怯え続けなければならない。教養は劣化しないから美容サロンに行く暇があれば小説でも読めばいいという私のアドバイスは、しかしよく考えると、ピアノも弾き、私よりずっと美術や音楽に造詣が深い彼女に対して、自分の文学至上主義を押し付けたに過ぎなかった。

彼女が美しくある事は嬉しい。しかしその一方で矢張りどうしても心に引っ掛かるものがあり、亜美子の持つ全ての美点に対して知らず知らずに理不尽な難癖を付けている自分を、時に私は持て余した。

「何を飲んでるの？」

自宅で夕食を共にしていた時、亜美子に訊かれた。

「漢方薬だよ」

「どこか悪いの？」

「いや、漢方医に癌にならない体質を作って貰うんだ。君も診て貰うかい？」

亜美子は小首を傾げ、呆れたように眉を上げた。

「脇田診療所」に行こうと思い立ったのは何故だっただろうか。

待合の椅子の配置は違っていたが、漢方薬を計量して袋に詰める機械の単調な音も、漢方薬の陳列棚の上に置かれた年代物の薬研も既に存在していた。番号札はなく、名前を呼ばれて診察室に入ると、まだ余り腹の出ていない脇田医師が「どうされましたか？」と訊いた。

「何となく調子が悪くて」

「ちょっと脈診せて」

脇田医師は私の手首に軽く触れた。矢張り二秒しか診ない。人間は誰でも変わる。

だからこそ、変わらない人間に接すると無性に嬉しくなるものだ。淑子が信じていたもの。私は懐かしさの余り笑い出しそうになった。脇田医師は目を閉じ、オーケストラの指揮者のように中空に両手を翻した。そして分厚い漢方薬のファイルの頁を指でなぞり、「分かりました」と言った。

「どこが悪いんでしょうか？」

「黴(かび)です。或る種の黴が悪さをしています」

カルテに書き込む万年筆には、いずれガムテープが巻かれるだろう。

「先生」

「ん？」

「先生の専門は何ですか？」

脇田医師は顎を膨らませた。

「皮膚科です。しかし東洋医学は体全体を一体のものとして捕らえます」

「腰痛なども治せますか？」

「腰が痛いんですか？」

「いえ」

「体は一つの宇宙ですから、気が正しく流れる事によって体全体が良くなります」

「癌にならない体質にもなりますか？」

するとと彼は益々顎を膨らませ、我が意を得たりという顔をした。

「それこそ私が目指す究極の目標なのです！」


その日私は「脇田診療所」から、散歩がてら歩いて帰った。

車道沿いの歩道を歩き、「お化けアパート」の前を通り掛かった。二階の窓にはどれもガラスが嵌っていて、いずれ窓を突き破って蔓草が伸びてくる一番端の部屋の窓ガラスもまだ割れていなかった。私はふと足を止め、歩道の下を覗き込んだ。歩道の下に位置する一階部分にも二階同様に窓はあったが、どの窓にも一切陽が当たっておらず闇の中に沈んでいる。私は十メートルほど先の石段を降り、「お化けアパート」の正面に回り込んだ。以前も見に来た事はあるが、その時（八年後）と比べると各戸の玄関扉などはまだ破れたりしていない。

私は暫くの間、一階の四つの扉を眺めていた。物音一つしなかったが、この暗いアパートのどこかの部屋に人が居るような気がした。恐らく眠っているのだろう。もしその住人が夜の仕事をしているなら、昼間は寝るだけだから陽が当たらなくても構わない道理である。

その時、「貧乏の、成れの果てね」という言葉が風のように頭の中を吹き抜けた。

5

「新世紀文學α」に送った中編は『ブラック・キングダム』色が強過ぎるという理由で掲載されず、短編が一つ載ったものの殆ど反響らしいものはなかった。気が付くと小説よりもエッセイ、講演会で稼ぐという生活になっている。

その年の秋に、地元の図書館主催の文化講演会の依頼があった。会場に出向くと満席で、「まあ、焦る事はないですね」と、最近は根負けしたのかすっかり態度を変えた芳賀の言う通り、当分の間は『ブラック・キングダム』のお蔭で食っていけそうだ。

講演内容は「ベストセラーの書き方」という演目から大きく外れて「作家の覚悟」のような話へと横滑りし、観客の心が潮が引くように離れていくのが分かった。しかしベストセラーを出した人間としての矜持もあって、私は一種傲岸不遜な態度を止める事が出来なかった。

「書く事は命を削る事です。あなた方にはその覚悟がありますか?」

私の論調は次第に挑むような調子になり、その矛先は自分自身に向けられた。窓からの暖かな日差しを浴びながら、蚊帳の外に置かれた恰好の多くの老人達が船を漕ぎ始めた。トイレに行く風を装って中座する者もいた。一番後ろの席にいた女が席を立って会場を出て行った時、私はハッとして一瞬言葉を失った。長く伸びた髪で顔は殆ど隠れていたが、数え切れないほど見てきたその後ろ姿を見間違える筈はなかった。

講演会が終わってから図書館の中を捜し回ったが、その女は見付からなかった。

風が冷たくなってきた頃に、芳賀が来た。

「ちょっと変わった所に行ってみますか?」と言う。随いていくと、「飛魚食品組合」に辿り着いたので拍子抜けした。

「江川さんの目指す文学世界を、私も担当編集として身を以て理解しようと思いましてね」

私ではなく、自分が経験したいという事らしい。「新世紀文學α」に載った短編は、ここを舞台にしていた。幾ら言葉を交わし合っても埒が明かないと思ったのか、自分の身を投じて歩み寄ってこようとするその態度に私は好感を持った。

「いいね」

我々は充分に酔っていた。

待ち合わせの時間と場所を決め、彼からお金を受け取って我々は別れた。女達が例の目で見てくる。歩き回っている内に、向こうからやって来る芳賀と擦れ違い、互いに照れながらまた離れたりした。その時私は、芳賀がこちらに気付く前に彼に気付き、欲望に潤んだ燃えるようなその目を垣間見た。そこに人間の剝き出しの赤裸々さを認めた気がして、私は嬉しくなった。

やがて女達のワンパターンな媚び方に飽きてくると、私はふと思い立ち、「飛魚食品組合」を突っ切って隣町へと抜けた。

「ちょんの間通り」は変わらない雰囲気を湛えていて、足を踏み入れた途端、音も光もどこかに消え去ってしまった。私は自分の靴音を聞きながら、網戸の入った暗い窓を一つ一つ覗き込んだ。誰もいない窓を幾つか通過した後、網戸越しに女の顔が現れて「ねえ」と声を掛けてきた。その女は老女だった。私は素通りした。ここでどこかの店に入って女を抱くかどうか、私は決めかねていた。金はある。病気も怖い。家には良い体の妻もいる。こんな所で妖しい女を抱く必要はないという事が、しかし却って私を強く惹き付けた。ここは蜘蛛や蠍の棲む泥沼なのだ。若い芳賀には耐えられない領域に平然と入っていく事が出来なければ、自分の中で帳尻が合わない気がした。

その店に入ったのは、網戸越しの女が一目見て若く見えたからである。

私は豚のような女でなければ良い、と決めていたが、その女の体は痩せていてメリハリがなく、髪が長かった。女に一万円を渡すと、俯いて二千円を戻してきた。服を脱いで布団の上に仰向けになると、忽ち酔いが回って黄色い豆球の光が膨らんだり縮んだりして見えた。逆光の中、裸の女が私の上に被さってきた。私が女の髪の毛を掻き分けて顔を見ようとすると、女は体を仰け反らせて私の手を避けた。絡んでいる内に、この女には何か自分なりの流儀があり、客には何もさせず、自分流のサービスを提供するスタイルを崩したくないようだと分かってきた。私は酔いの中で、彼女のやり方を尊重する事に決めて目を閉じた。薄い皮下脂肪を包んだ女の皮膚は柔らかく、カーテンを揺らす冷えた外気が時として二人の体を優しく撫でる感触と共に、それは無性に懐かしく、気持ちが良かった。次第に高まってきて、私が「イク」と言うと女は「ん」と言った。私は馬乗りになった女の中に仰向けの状態で射精した。女は私の上にゆっくりと倒れ込み、そのままじっと動かなくなった。私は女の頭を抱き寄せ、髪の毛を撫でた。旧い家の匂いがした。

スマホが鳴って飛び起きた。

「まだですか先生?」と芳賀の声がする。辺りを見回すと、カーテンの向こうに女がいた。うっかり眠ってしまったらしい。自分の一物に触れると、綺麗に拭われた後のサラサラした感じがあった。腕時計を見ると、芳賀との約束の時間から半時間以上過ぎている。

「済まん。今行く」

服を着てカーテンから出ると、丸椅子に老婆が腰掛けていて「手を洗いますか？」と訊いた。わたしは「いや」と答えて店を出た。老婆は痩せていて、髪が長かった。

亜美子との結婚生活は半年目に入った。私が仕事場に籠もってたりして暫く会わずにいると、亜美子の体が恋しくなり、彼女も私の求めを決して拒否しなかったが、それは彼女の体を使ったオナニーに過ぎない事に私も彼女も気付いていた。亜美子との間には、家族の紐帯（ちゅうたい）のようなものが決定的に欠けていて、その分いつまでも良い体の女として、知らない女の雰囲気を纏って私の前に現れた。実際に、これは誰だと思う瞬間もあった。私はそれによって一定の性的満足を得ていたが、しかし心は冷え冷えとしていた。亜美子は、私からの過度の甘えを受け容れない一方、自分の方からも決して精神的に依存しないタイプの女だった。恐らく私と別れても、平然と別の人生を歩んでいく事が出来るに違いない。

私は夫婦間の依存関係のようなものを求めていたのかも知れない。亜美子との営みの最中にも、「ちょんの間通り」での痩せて髪の長い女との交接を思い出す事が度々あった。二人が弱ければ弱いほど一緒になる事で強くなる結び付きのようなものに、私は飢えていたのだと思う。

5

散歩しながら、私は新しい仕事場を探すようになっていた。

今の仕事場は快適過ぎた。洞窟に籠もった修行僧のように、何もない空間に自分を幽閉する事によって天使が舞い降りて来るかも知れないと、半ば自棄っぱちに考えた。

その日、私は突然思い立ち、バイクに乗って「お化けアパート」に向かった。

季節は冬になっていた。

後になって考えると、私には確たる予感があった気がする。

「お化けアパート」の一階に、淑子は暮らしていた。

私がバイクを「お化けアパート」の前に着けた時、夕陽を受けながら玄関扉の鍵を開けている淑子の後ろ姿があった。その後ろ姿は、文化講演会やその他様々な場所で見た女の後ろ姿と同じようでもあり、別人のような気もしたが、しかしこの時見た彼女は、「淑子」と言った私の声にごく自然に振り向いた。

そして私は、その頬のこけた顔を見た。

「淑子」

私の再度の呼び掛けにも彼女は答えず、チラッと私を見てからじっとバイクを凝視した。私はバイクを降りてスタンドを立て、ヘルメットを取った。

彼女の視線はバイクから動かない。

逃げ出したかったのだろうと思う。彼女はよく「私が病気になったり死んだりしても、誰も呼ばないでね」と言っていた。「何故?」と訊くと、醜い姿を見られたくないからだという。淑子にはそういう、自分の弱みを過度に隠そうとするところがあった。ウサギが、肉食動物に目を付けられる事を警戒して自分の怪我を隠すように。以前、私はそれを一種の見栄だと感じていたが、今ではそれは彼女なりの美意識だったと理解出来る。淑子の眼窩は落ち窪み、草臥れた黒いダウンジャケットの肩からはみ出した白い羽毛が風に揺れていた。一目見て、生活レベルは高くないと分かった。私は彼女が走り出すのではないかと警戒し、その時は立ち塞がって彼女の体を抱き止めようと考えた。

「久し振りだね」と私は言った。

彼女は微かに小首を傾げたように見えた。その瞬間、彼女の目の光がすーっと消えて行くような錯覚を覚えた。

「江川浩一だ。覚えてるよね？」

彼女は目を瞬かせた。

「ずっと捜してたんだよ」

時間は午後四時頃だったと思う。淑子は私に背を向けて玄関扉を開き、そして少しだけ私を振り向いた。それを「入る?」という誘いと解釈して私は頷き、半ば強引に彼女の後に続いて初めて「お化けアパート」の中に足を踏み入れた。

部屋の中は真っ暗だった。

淑子が蛍光灯の灯りを点けると、流し台と便所と四畳半だけのキューブ状の部屋が薄ぼんやりと浮かび上がった。彼女は一枚延べてある布団の上に腰を下ろし、小さな電気ストーブを点けた。私は畳の上に胡坐をかいたが、座った途端尻が沈んだので驚いて両手を突っ張った。部屋は一応小綺麗にはしてあったが、波打つ畳の劣化は隠せない。横座りをした淑子の分厚いツイード生地のスカートから覗いた生脚は細く、虫に食われた痕なのか赤い斑点が幾つも見られた。彼女はそれを手で覆い、布団の花模様の一点に視線を固定してじっとしている。

我々は二年近く会っていなかった。

確かに彼女にとって私は取引先の営業マンの一人に過ぎず、数回食事デートをしただけの関係でしかない。ところが私にとっては十年暮らして、子供もいる相手なのだ。こちらが一方的に特別な感情を抱いてきただけだと、そう改めて考えると、目の前の彼女は「ちょんの間通り」の一期一会の女にも見えてくるのであった。

私は部屋を見回した。

大事な物は押入れの中にでも隠してあるのか、部屋には小さな卓袱台と、引き出しが三つ付いた木製の小物入れ以外、家具と呼べる物は何もない。小物入れの上に、サラ金のポケットティッシュが一つ置いてあった。土壁にはカレンダーもなければ、鏡も額も掛かっていない。ガラスの二十センチ向こうは石垣という窓にはカーテンすらなかった。

「どうやって暮らしてるの？」私は訊いた。

「どうやってって……」彼女が初めて口を開いた。その声を聞いた瞬間、全身に鳥肌が立った。それは紛れもなく淑子の声だったからである。

「そう。どうやって暮らしてるんだい？」

すると淑子は黙り込み、枕の端を指で揉み始めた。

「淑子、ちゃんと僕の顔を見てくれ」

「………」

「淑子」

「………」

私は淑子ににじり寄った。

彼女は顔を上げた。その視線は私の頬を僅かに掠めて、背後の流し台の方へと流れていった。私は淑子が何か演技をしているのかと訝った。貧しい暮らし振りを見られた恥ずかしさから、まともに私と話す事を忌避しているのではあるまいか。

沈黙が訪れた。

時計もないのか秒針の音すら聞こえず、上の車道を走り抜ける車の音だけが、時折アパート全体を揺らす。

「仕送りとか、して貰っているの？」

淑子は軽く頷いた。

そうか、仕送りはあるのか。

沈黙を続ける淑子を見ていると、少しずつ腹が立ってきた。喧嘩した時に淑子はよくこのように何も喋らなくなったが、そういう時「どうして何も言わないんだ」と私は一人怒り出すのが常だった。後で訊くと、言葉を探していたのだと言う。今もそうなのだろうかと考えたが、そんな気配はなく、何も考えずにただ呆けているように見える。

静謐な部屋に、淑子の腹の虫が鳴った。

流しを見ても、食べ物のストックのような物は見当たらない。

この日、亜美子は友達と会食に出掛けていた。

「何か食べる物を買ってくるから、待ってろ」

私は立ち上がり、淑子を置いて外に出た。本当は、煙草が吸いたかったのだ。

玄関扉を閉める時にふと見ると、淑子は正に「ちょんの間通り」の女のようだった。

バイクを走らせて一番近いコンビニに行った。私は幕の内弁当、お茶、ミネラルウォーター、スポーツドリンク、ヨーグルト、スナック菓子などを買い求め、店の外で煙草を吸った。振り払っても振り払っても、瞼の裏に布団の上に座った猫背の淑子の惨めな姿が浮かんでくる。腰痛で寝込んでいた淑子が何も食べようとしなかったように、きっと彼女も何も口にしないだろうと私には予想が付いた。頬や脚の様子からすると、体重は四十キロを切っているに違いない。

私は二本目の煙草を吸いながら、淑子がこうなってしまった原因を考えた。私が彼女でなく亜美子と結婚している事を、私は彼女に告げられなかった。しかし数回デートしたに過ぎない男に選ばれなかったというだけで、生活が根底から瓦解するような深い絶望に突き落とされるとも思えない。ひょっとすると私は、デートの時に何か決定的な言葉を（結婚して欲しいなどの言葉を）、淑子に言ったのだろうか。そんな記憶はなかったし、日記にもそれらしい記述はなかった筈である。もし原因が私にあるという直感が当っているとすれば、既に体の関係を持ってしまったりしたのでない限り、この彼女の転落人生は説明出来ない気がした。

その日の夜、家で夕食を食べていると亜美子が言った。

「あなた今、紙を食べたわよ」

天麩羅の敷き紙を食べたのではなく、口を拭ったティッシュペーパーの切れ端を食べたらしい。吐き出そうと思ったが、淑子にとっての食べ物はこの紙のようなものかも知れないと思い、呑み下した。

仕事場に戻り、気乗りのしない小説に向き合った。

するとふと、夕食後に私を送り出した淑子と浩が、今正に家で風呂に入っているような気がした。筆が全く進まない時などに、私は無性に彼等に会いたくなり、家に引き返して煙草臭いと非難されたりしたものだった。私は反射的に椅子から腰を上げた。淑子と浩が待つ家に帰ろうとしたらしい。

突然、元の世界に淑子と浩をもう二年間も放ったらかしにしている事を思い、胸に太い針を突き刺されたような苦しみに襲われた。と同時に、もう元の世界などどこにも存在しないという、ずっと心に居座っている考えに慰められ、椅子の上に腰が落ちた。淑子と結婚して浩という一児を儲け、小説家として家計を支えていた事を証明するものは私の頭の中の記憶以外何もない。そして人間の記憶など一体何の証明になろう。しかし矢張りどうしても元の世界が付き纏って来て、渦を巻く。頭の中に浮かび上がるのは玄関で私を見送る淑子と浩の姿であり、それはおぼろげな記憶でも何でもなく、何よりも強烈な実在ではないかと思うと堪らなくなり、思わず敷きっ放しの布団の上にダイビングすると、勢い余って襖に頭をぶつけ、数秒後に襖が体の上に倒れてきた。

■

その日から私は、数日置きのペースで「お化けアパート」に通うようになった。深夜に訪ねると、淑子は留守にしている事があった。何か夜の仕事をしている気配があり、最初はスナックか何かだろうかと考えた。しかし次第に交わす言葉が増えて、淑子が笑顔の一つも見せるようになってくると、忽ち妄想が膨らんで「飛魚食品組合」や「ちょんの間通り」が頭に浮かび、問い詰めるように訊いてしまった。

「水商売か？」

「違う」

「じゃあ何だ？」

「…………」

「何を笑ってる？」

「笑ってないわ」

「いや、笑った」

「…………」

「誤解を招くような顔をするな」

「えろう済んまへん」

私は突然淑子を抱き締めたくなった。ユーモアにも飢えていたのだ。しかし私は、決して淑子の体に触れる事はしなかった。淑子といる時は特に、私を見てくる昔の淑子と浩の視線を強く感じたからである。

年の暮れに、私はクリスマスプレゼントとして淑子に鏡と化粧セットを贈った。

年が明けた或る日の夜に訪ねると、玄関扉を開けた彼女がいつもと全く違って見えて驚いた。

「出掛けないと」

淑子が正座して、電気ストーブを背中に当てながら、卓袱台の上に立てた鏡に向かって化粧をしている。

「こんな時間にどこへ行くんだ？」

「仕事」

私は布団に包まったまま、彼女を眺めていた。毛糸玉の付いた靴下を履いた足裏の細さが無性に懐かしい。

「嘘吐け。男に会いに行くんだろ」

「だとしたらどうなの？」

「何だと？」

「私に男がいたら、どうなの？」

「そういう事はちゃんと教えてくれるのが礼儀だろうが？」

「どうして？」

「何が？」

「あなたは亜美子と結婚してるんでしょう？」

髪をアップにすると、本当に首が細い。

「ああ。言おうと思ってたんだが、言いそびれた」

淑子は右手を腰に、左手を卓袱台に突いてゆっくりと立ち上がり、そのまま出て行った。

私は玄関扉が閉まると同時にストーブを切って、外に出た。合鍵を使って施錠し、石段を登って車道に出る。歩道の十メートルほど先を、淑子が歩いていた。私は昔の淑子の感触を思い出しながら、彼女を抱く別の男を想像して久し振りに激しい嫉妬の感情に囚われた。

やがて彼女は歩道の上で立ち止まった。

どうやら迎えの車を待っているらしい。私はスマホを準備した。男の車のナンバーを撮影し、動かぬ証拠を淑子に突き付けるつもりで塀の陰に身を隠した。

すると車がやって来て、彼女の前に止まった。

それは緑色の車体のマイクロバスで、行き先表示には「藤田かまぼこ」と書いてある。淑子が乗り込むと、バスはすぐに発車した。席の間を移動する淑子が、乗客の初老の女と軽く挨拶している様子が窓越しに見えた。そしてバスは、交差点を海の方に向けて左折して行った。湾岸地域の食品コンビナートに向かう送迎バスで、淑子はかまぼこ工場で夜勤の仕事をしているのだった。

少しずつ、淑子の暮らし振りが分かってきた。

週に二、三回のペースで、「藤田かまぼこ」で夜中の一時から朝の十時までパート勤務をしている事。親からの仕送りは不定期な事。月の家賃は二万三千円である事。風呂は二駅離れた銭湯迄行く事。洗濯は手洗い中心で、たまにコインランドリーを利用する事。付き合っている男はいない事。携帯電話と冷蔵庫を持っていない事。料理はせず、出来合いの物を買ってきて食べている事。食べる量は極端に少ない事。市立図書館を利用している事。

「世捨て人みたいじゃないか」

私は責めるように言った。

「もっとちゃんとした暮らしをしろよ。そもそも、どうして仕事を辞めたんだ？」

「江川さんも辞めたじゃないの」

「こんな所に住んでいたら、病気になってしまうぞ」

「大丈夫よ」

「何が大丈夫だ。少し援助するから、もう少しましなアパートに引っ越さないか？」

「結構よ」

「あなた、昨日の晩、どこに行っていたの？」

亜美子にそう訊かれた時、私は咄嗟に「ちょっと散歩に出ていた」と答えた。昼迄寝ていた私は亜美子の電話に起こされたばかりで、まだ頭が充分働いていなかった。

「バイクがなかったわよ」

「仕事場に来たのか？」

「ええ」

亜美子が仕事場に来る事は、滅多にない事だ。

「へー、何しに？」

「貰い物があったから、差し入れに持っていったのよ」

「何を？」

「フライドチキンよ」

「何時頃？」

「さあ、十一時頃だったかしら」

「どうして電話しなかった？」

「したわよ」

一瞬の沈黙があった。

「ねえ」

「何だ」

「バイクで散歩してたの？」

「ああ」

「缶を外して?」

「ああ」

私は前の晩、バイクの荷台から取り外した缶の箱を仕事場に置いたまま、「お化けアパート」に出向いていた。そして荷台に淑子を乗せ、夜の海に出掛けた。

海の黒い水面に、対岸の工場群が放つ白や黄色の光が映り込んで揺れていた。対岸に点在したそれらの光は、埠頭を歩く我々がどこに移動しても、我々のいる一点に向かって光の手を伸ばし、どこまでも追い駆けてきた。我々は扇の要だった。それはあらゆる方向に放たれた光の内、光源と我々とを結ぶ光だけが我々の目に見えるからだった。我々がこの世に存在しなければ、見えない筈の光だった。

並んで海を眺めていると、もうこのまま自分が淑子と生きていく道を選んでしまいそうな気がして、しかしそれにどんな意味があるのか分からなくなって混乱した。

小説が上手く行かないと愚痴る私を労わるような淑子のちょっとした表情と、母としての淑子の表情とが重なったりする瞬間などに、私は元の世界が消えてなくなってしまった事がどうしても納得出来なくなった。

「僕達は、これ以上親しくなっては駄目だと思う」

臨海地帯の一角に、「藤田かまぼこ」の看板が見えていた。

その時淑子は、真っ直ぐ夜の海を見て、前歯で下唇の半分を噛み、残り半分を膨らませていた。感情が上手く言葉にならず、しかし何か重大な決断を下す時の、それは淑子の癖だった。

■

寒さが緩んでくると、亜美子が求めてくる回数が多くなった。自宅で夕食を食べていけとか、泊まっていけとしつこく言う。私は彼女の求めに出来るだけ応じるように努めた。そして改めて、彼女の魅力に気付いた。彼女がセックスの前に薄化粧したり、全裸でピアノを弾いたり、裸の上にセーラー服を着たりする（これはややり過ぎだったが）だけで、彼女は私の中に新しい性的欲望を呼び覚ました。プレイも濃厚さを増し、私が高まってくると必ず耳元で「中で」と囁いた。

それが彼女の嫉妬によるものである事に、私は薄々気付いていた。

私には、それでなくても沢山の女性ファンがいる。ファンレターは度々出版社から転送されて来たし、贈り物も少なくない。ツイッターのフォロワーも三万人以上いて、その三分の二は女性である。拡大する女性ファンに支えられて、『ブラック・キングダム』はまだ売り上げを伸ばしている。

亜美子は仕事場にも時々姿を現し、簡単な料理をしたり、洗濯物を持ち帰ったり、掃除したりするようになった。その手際の良さや洗練されたセンスを、嘗ての淑子と比べる事を極力避けるように私は努めた。亜美子には亜美子の私への愛があり、彼女なりの辛さもあるという事を、もうそろそろ理解しなければならないと思う。

淑子には一度も言えなかった「愛してる」という言葉も、亜美子には言えた。そんな言葉を平然と言わせるような何かが、亜美子にはある。

それは何だろうか。

時々、亜美子の言動の全てが一種の演技ではないだろうかと思う時があった。淑子にあったわざとらしさは限られた場面だけだったが、亜美子の場合は、彼女の生き方そのものが演技なのかも知れない。すると彼女といる時の私は彼女の共演者であり、「愛してるよ」も台詞だからこそ言える道理である。亜美子が「イク」という時、亜美子が「有難う」と言う時、亜美子が私を責める時、亜美子が泣く時、私の中のどこかに彼女を冷たく観察している目があって、その演技に評価を下していた。そして彼女は、多くの美人女優が往々にしてそうであるように大根役者だった。しかし、下手な役者の演技が必ずしも偽物というわけではない。

その日の夕方、私はバイクで久し振りに「お化けアパート」に行った。

淑子は市立図書館で借りた本を読んでいた。

「僕はもうここには来ないよ」と私は言った。

「ええ」

「それぞれの人生を生きないと」

この季節になると流しの窓から一筋の西日が射し込み、橙色の光が畳の上に小さな日溜りを作る、と彼女は言った。その僅かな光に本を翳して読んでいたらしい。

「お握りを買ってきたよ」

「要らない」

「何か食べないと駄目だ」

「本当に要らない。気持ちが悪いの」

「病気か？」

彼女は首を振った。

「脇田診療所」で診て貰わないか、すぐそこだよ、と言い掛けて、私は口を噤んだ。元の世界の淑子と浩、そしてこの世界の亜美子に忠実である事で私は精一杯だった。この世界の淑子については切るしかないと、私は既に思い定めている。こちらの二十八歳の淑子が、あちらの三十四歳だった淑子と同じ表情を見せる度に抱き付きたくなる衝動と闘いながら、そんな衝動が湧く事自体を裏切りだと感じる自分に、もう疲れてきた。

こちらの世界では、そんなに多くの時間を淑子と共有してはいない。今なら彼女も比較的簡単に私の事を忘れられるだろうと判断し、そもそも付き合っているわけでもなかったが、別れ話のような事をしに来たのである。

「では僕は、そろそろ行くよ」

淑子が私を真っ直ぐに見詰めて、下唇の肉を半分膨らませた。その時、突如溢れんばかりの西日に照らされた彼女の顔が、金色に輝いた。玄関扉が突然開き、絶妙の角度で入射した光の束が部屋の中を射抜いたのである。

「淑子！」と亜美子の声がした。

逆光の中に仁王立ちした亜美子の輪郭からは、燃えるような埃が盛んに立ち上っていた。

亜美子は土足で上がり込んで来ると、私の制止を押し切って淑子を突き飛ばした。

淑子は簡単に布団の上にくずおれた。

「これはどういう事!?」

「何でもないよ」私は言った。

「たまたま会ったんだ。久し振りだったから時々話してただけだ」

「どうしてこんな所で、こそこそと隠れて会ってるのよ！　淑子、どういう事なの！」

「御免なさい」

「信じられない！」

亜美子は嗚咽のような声を出したが、それは余り上手い演技とは言えなかった。しかし彼女の腹立ちや悲しみは嘘ではない。私は夫として、ここはどうあっても亜美子の側に立つべきだった。

余り意味のない話も含めて、我々は二時間ほど話し合った。亜美子は少し落ち着くと、靴を脱いで玄関の三和土に置きに行った。彼女が立っていた畳の上に、ヒールの痕が深々と残っていた。私は途中で窓を開けて何度か、淑子の前では控えていた煙草を吸った。淑子は一度だけ、小さく咳払いをした。亜美子は、私がバイクで「散歩」に行ったと話した時におかしいと思い、以後色々とチェックしてきたと説明した。確かに荷台から外した缶箱を庭先に置いて出たのは、私の痛恨のミスだった。どんな関係なのか、どこまでやったのかと訊くので、私は、互いに手も握っていない関係だと言い張った。亜美子は納得しなかったが、彼女は何の証拠も摑んでいないようだった。

やがて互いの顔も見えないほどに部屋が暗くなった。

淑子が蛍光灯を点けると、三人の顔が恥ずかしいほどくっきりと浮かび上がった。何度か泣いていた筈の亜美子のマスカラは綺麗なままだったが、泣くに泣けないところに彼女の苦しみがあり、号泣出来たらその方が余程楽だろうと思うと、申し訳ない気持ちで一杯になった。

久し振りに二人の体を見比べると矢張り亜美子に比べて淑子は随分見劣りがして、数年でここまで差が付くかと思うほど痩せている。しかし人は、自分が持っていない物に対しては何にでも嫉妬出来るものだ。最初、豊満な体の亜美子は淑子の痩せた体に明らかに嫉妬して、「ガリガリじゃないの」「ちゃんと食べてるの」などと悔しそうに言っていたが、次第に淑子の貧しい暮らしや孤独な人生が見えてくると、「淑子、浩一に会うならこんな所でこそこそしないで、家に訪ねてらっしゃい」と澄んだ声で言った。私はその瞬間、元の世界で自分が求めていた無限の寛大さのようなものが、目の前の亜美子の横顔に漲っている気がして目を見張った。

淑子は小さく頷いた。

「じゃあもう行きましょう、あなた」

「ああ」

「淑子、元気でね」

亜美子はBMWを少し離れた路上に停めていた。私はバイクに跨った。淑子はアパートの中に留まり、目を伏せてそっと扉を閉めた。亜美子は私が走り出すのをじっと車の中で待っている。私は淑子と最後の言葉を交わしたかったが、亜美子がそれを絶対に認めないという事も分かっていた。私はバイクを発車させ、後ろから亜美子のBMWがぴったりと随いてきた。

その夜、私は亜美子に延々と謝罪した後、長い時間をかけてセックスをした。亜美子は時々洟を啜り上げた。一度射精してしまうと後は肉体的な奉仕活動しか残らなかったが、私は精一杯努力した。

その間私は、ずっと一つの事を考えていた。

亜美子と私が「お化けアパート」を出て行こうとした時、淑子がそっと私に小さな品物を手渡した。それは、小さなプラスチックの筒だった。私は咄嗟にそれを革ジャンのポケットに入れた。家のトイレの中で確認すると、それは醬油の入ったミニボトルだった。

それ以来、私はずっとこの事について考えている。

数日後、亜美子が都会に出かけた。

バイクで「お化けアパート」を訪ねると、部屋は蛻(もぬけ)の殻だった。

そして案の定、その後この町から彼女の気配は跡形もなくなった。

9

私は、この世の淑子の事を忘れ掛けていた。

「お化けアパート」に、二階の老婆以外の住人はいない。何もない狭いアパートをこっそり借りて修道僧のように瞑想するという私の幼稚な目論見は、亜美子のあらぬ疑念を買う可能性の前に呆気なく頓挫した。

小説は相変わらず書けないが、新聞や雑誌のコラムやエッセイだけでも、そこそこの稼ぎになる。芳賀もじっくりと腰を据えているようで、私は落ち着いた日々を過ごしていた。

年が明けて暫くして、私はインターネットのニュースに小さな記事を見付けた。そのニュースの見出しは「ネット予言者、大津波を予言」で、その予言者は日付を指定して大津波を予知しているという。その日付は正しかった。サイトを立ち上げ、ツイッターなどでも連日のように警告を発しているらしい。確認してみると、「ネット予言者・憂いの喉チンコ」というサイトがあり、私の知る範囲で正しい事を言い当てていた。ネット上では殆んど相手にされていなかったが、その可能性はないではないとする識者の意見も少数ながらあった。但し、日付まで予測するのは行き過ぎだとされていた。

私は、津波の事をすっかり忘れていた自分に驚いた。ずっと自分の力で被害を食い止めるつもりでいたし、自分にはそれが出来ると盲信していたが、あと半月で地震と大津波が起こると分かると、この期に及んで自分に何が出来るのか途方に暮れた。

ネットの予言者の身元は分からず、男か女かもはっきりしない。

私はベストセラー作家であり、ある程度名前もある。

どこの誰が言ったか分からない予言より、私が警告を発した方が遥かに効果的ではないかと考えると、尻がむずむずした。しかし同時に、この予言者同様相手にされない可能性もある。二作目が書けない作家が、行き詰まった挙げ句にでっち上げの予言（しかも日付や内容まで二番煎じ）をして、恐らく予言書でも出版するのだろうと叩かれるのが落ちかも知れない。

しかし人の命が懸かっている。汚名を恐れて何もしない事は、人の命を見殺しにする事と同じではないのか。テレビ出演した時のディレクターやプロデューサーの顔が、頭に浮かんだ。彼らに話を持っていき、津波のシミュレーション動画を作って貰って予め避難を呼び掛ける事は出来ないだろうか。しかし、彼らをどうやって説得するのか。

そもそも、三月に巨大な津波が襲って来る事自体が既に怪しくなっている。人為的な出来事は予測不能だが、自然災害は必ず繰り返しやって来ると信じた私の確信に、確かな根拠はあるだろうか。自然災害の中で精確に私が日時を記憶しているのは、この大津波しかなかった。それ以外の自然災害など全てうろ覚えで、実際には起こらなかった災害についてはニュースに流れず、私の記憶にもないのであるから、確認の仕様もない。

一体、この「ネット予言者」なる人物は誰なのか。

なぜ一ヶ月後の正しい日付を言い当てられたのか。少なくともこの人物が、私がいた元の世界と同じ世界を知っている事は間違いない。であれば、何としても正体を突き止め、会って確認しなければならない。

どうやってここに来て、どうやって戻るつもりなのかを。

「ネット予言者」のサイトの発進元は、「ネット探偵社」なるものに金を払って簡単に探し当てる事が出来た。住所に訪ねて行くと、雑居ビルの一室を事務所にした行政書士事務所である。出てきたのは中年の無精髭の男で、二万円払うとペラペラと喋り始めた。

「或る日突然女が訪ねて来て、これから大変な事になると言うわけだよ。地震とか津波とかが起こるってね。まあオカルトかＳＦだよな。それを是非世間に知らせたいと、真剣に言うわけだ。何でここに来たんだと訊くと、行政書士は何でも相談に乗ってくれると聞いた、ってんだな。で、それならＳＮＳで拡散するのが一番早いと教えてやると、自分の代わりにやってくれないかと言うんだ。まあうちは代書屋だから、人の仕事を肩代わりする商売と言えばそうなんだがね」

「三十歳位の、痩せた女でしたか？」

「ああ。髪の長い、頬がこけた女だった」

「では、サイトは誰が作ってるんですか？」

「これは俺が作ってんだ。彼女の言ってた事を自分なりに調べてみたんだが、意外と真実を突いてると言うか的を射ていて、全く有り得ない話ではないという気がしてね。

サイトの一つでも立ち上げておくかと軽い調子で始めたんだが、予言サイトは意外といけるね。ちょっとばかり稼がせて貰ってるよ」

「その後、その女は姿を現さないですか?」

「現さないね」

「何か気付いた事はありませんでしたか?」

「ああ、ガキがいたな」

「え?」

「抱っこ紐で赤ん坊の人形を抱いていたよ」

「そうですか」

少なくとも私の目に、この男自身は別の世界からやって来たようには見えず、本当の事を言っていると思った。

私は雑居ビルを出ると、路上で煙草に火を点けた。

女は私同様、あの巨大な災厄の事を知っている。

淑子に間違いない。

彼女は私と同じように、こちらの世界へやって来ていたのである。

私は天に向けて煙を吹き上げた。

こちらで私と出会った時から（つまり鳥居工業で私を応接スペースのソファへと案内したあの時から）、淑子は私の事を覚えていたのだ。そして、じっと待っていた。元の夫が再び自分に示してくれるであろう振る舞いを。

煙草の煙は風に煽られて渦を巻き、すーっと横に流れていった。

私はバレンタインデーの二日後の、あの駅前を思い出した。私にチョコレートの包みを手渡した時、私がその場で包みを開き、メッセージカードを見て肩を抱き寄せてくる事を、彼女は露ほども疑わなかったに違いない。

しかし私はそうしなかった。

今思えばあの瞬間、私は淑子と浩との生活の全てを捨ててしまったのかも知れない。

勿論私にそんなつもりはなかった。淑子と浩との生活は別の世界にある、と私は信じていたのだ。ただほんの少し、亜美子を抱いてみたかっただけだ。

しかしもしあの時私が淑子の肩を抱き寄せていたとしたら、彼女はきっと私に向かってこう叫んだに違いない。

「浩一！　私よ！　私、十年前の世界に戻って来たのよ！」

しかし彼女は、用意していたその言葉を言う機会を、一方的に奪われてしまったのである。

その後の二年間、彼女は彼女が「貧乏の、成れの果てね」と言ったアパートで、一人切りで暮らした。私が訪ねてからも、或いは私の気持ちが自分に向くのを彼女は期待していただろうか。それとも、人の夫を奪うような真似は許されないと思い、私と逢っている自分を責め続けていたのか。

醬油のミニボトルは、言うに言えない彼女の想いのようなものだったろうか。私はあの翌日、仕事場に戻って嘗てと同じ朝食のメニューを作り、淑子に貰ったミニボトルから目玉焼きに醬油をたっぷり垂らして食べた。

今なら経済的に少しは余裕があり、淑子の苦労も少しは減らせるのにと思う。百十八円のミニ醬油一本で気まずくなるような暮らしをさせたのは、私だ。そして今の彼女は、赤ん坊の人形を抱えてもっと貧しい暮らしをしている。

「路上喫煙は止めて下さい！」

通り掛かりの母子連れに言われ、私はハッとして煙草を踏み潰した。母親がわざとらしく咳き込み、子供を護るように体に引き寄せながら立ち去っていく。

淑子が抱いていたという人形は浩の代わりだったのだろうか。

しかし淑子自身がこちらの世界に来ているのなら、もう元の世界は存在しないも同じである。私は彼女を捜し出し、この世界で一緒に暮らしていきたいと思った。

すると亜美子の顔が浮かんだ。

私は既に妻帯者なのである。

街を見回すと、人々は今日と変わらぬ明日が来る事を当然の前提として、今を忙しく生きている。

少なくとも淑子は乏しい知識を総動員して、人々の犠牲を少しでも減らすべく自分なりのアクションを起こした。それは結果として行政書士を動かし、ネットのニュースにまでなった。何も出来ないと考える前に、彼女は兎に角行動したのだ。私はそんな淑子を誇りに思った。そしてどこかで淑子はきっと、この予め予知し得る大災厄に対して私がどう関わるのか、見守っているに違いない。

しかし私は今のところ何もしていないし、何か出来る事があるとも思えなかった。

その日まで、あと一週間に迫っている。

一体今更、何が出来よう。

私はこの大災害について、如何に自分が何も知らないかを痛感した。

インターネットで検索しても、起こっていない災厄についてなど、当然何一つ出てこない。私は当時、デビューの直前に生じたこの悲劇についてエッセイやコラムを書き、このテーマで短編小説も書いた。津波の映像も繰り返し見て、涙を流しもした。しかし被害者の人数や被害の場所について、説得力をもって人に説明出来るだけの知識は頭の中に全く残っていなかった。

あの時、人々は口を揃えて「忘れません」と言った。

私も当然そのつもりでいた。

しかしいざ手元に何の資料もない状況に置かれると、実に曖昧で僅少なる記憶の持ち合わせしかない自分に驚かざるを得ない。

一体私はあの時、胸の中で何を「忘れません」と誓ったのだろうか。

しかし、必要なのは知識などではない。

どこで何人死んだとか、そんな事ではない。

私は突然歩道の上を十メートルほど駆けた。そして、歩道を走る私を見る歩行者達の、如何にも迷惑そうなその冷たい視線を見て立ち止まった。

彼等の無関心な目。

確かにここは、津波の来る場所ではない。

しかし私は言わなければならない。

社会的害毒に対して声を上げない罪。

「おいっ！」

私は声を上げた。

「おいっ！」

瞬く間に私を避け、逃げるように通り過ぎて行く人々と、遠巻きにして何事かと見てくる野次馬達とが、私の周囲に磁石の周りの砂鉄のような形を作り始める。

「間もなく地震が来る！　大津波が来る！　大変な事になるぞ！」

私は叫んだ。

「おい、そこのお前！　ニタニタするな！　沢山人が死ぬんだぞ！　行方不明者も何千人と出るぞ！　どうするんだ！」

叫びながら、私は、これでは何を言っている事にもならないと思った。もっと実のある事を言わなければならない。私は、記憶にある限りの具体的な町の名前を挙げ始めた。だが、誰も関心を示さない。彼等にとっては遠い土地の、知らない地名ばかりなのだ。

「それは俺の故郷なんだが」

誰かがそう言った。見ると、工員風の中年男が手を挙げてこっちを見ている。

「昔、津波が来たと聞いた事がある。また大きいのが来るってのか？」

「そうだ。二十メートル以上の大津波が来る」

「どうすればいい？」

「高台に逃げるんだ」

「あんたは、どうして大津波が来ると分かるんだ？」

「未来を知ってるんだ」

四方から失笑が漏れた。

「兎に角、高台に避難するんだ。物凄い津波なんだ！」

「物凄い津波にゃんだ！」誰かが馬鹿にしたように復唱し、一斉に甲高い笑い声が起こった。そして人々は、私の言葉が繰り返しモードに入った途端、ざわつき始めた。大した情報を持っていない事を見破られた恰好で、その後は幾ら声を張り上げても誰も耳を貸さない。工員風の中年男もいつの間にか消えていて、私は勢いを盛り返した通行人の波に呑まれるがままに押し流されて行った。


運命のその日、私は自宅でテレビに齧り付いていた。

亜美子は出掛けていた。

時間が迫って来ると、私は緊張感で冷や汗をかいた。電器店かどこかで、淑子もテレビを見ているに違いない。

私はこの時迄に、既に自分のツイッターで巨大地震の日時と場所を明示していた。それに対して、ネット予言者のパクリだとか、ピンポイントの営業妨害だという沢山の非難のツイートが寄せられた。私は極力無視したが、作家としての私の態度を馬鹿にするようなコメントに対しては正々堂々と応酬した。

「何もなければ、その方がいいに決まっている」とツイートしたところ、「予め逃げ道を作りやがって卑怯者」といった攻撃が相次ぎ、何度か攻防を繰り返す内に「もし予言が外れたら、作家を辞めてもよい」と思わずツイートしてしまった。慌てて削除しようとしたが、それぐらいの覚悟がなくてどうすると思い直し、そのままにしておいた。

あと五分後に迫った時、私はどうか地震が起こりますようにと、天に向かって手を合わせていた。

気が付くと、時間は一分を過ぎ、二分を過ぎ、十分を過ぎている。

何も起こらなかった。

僅かに、半時間ほど過ぎた頃に、全く違う地方で震度2の揺れが観測されたに過ぎなかった。私は冷蔵庫からビールを取り出して一気に呷り、換気扇の下で煙草を吸った。

共に闘って負けた淑子に、無性に会いたかった。我々のした事は決して間違っていなかった、誰もが同じ事をした筈だと健闘を讃え合いたかった。

その後、興信所を使って淑子の行方を捜したが、見付からなかった。

■

予言は外れたが私は勿論小説家を辞めなかったし、その事で私を攻撃してくる人間も殆どいなかった。それだけ私は、どうでもいい作家だったのだ。

喫茶「ひまわりん」は潰れ、近所で唯一全席喫煙の喫茶店にはいつまで経っても喫煙美女は現れなかった。

私と淑子と浩が暮らした家には、まだ斉藤夫婦が暮らしている。

やがて私は、短期間で一つの書き下ろし小説を書き上げた。

「書ける時はいつも速いですね。猟奇的で迫力がありますよ」と芳賀が感想を寄こした。

私の二作目の小説『裂』は、こうして再び徳川出版から出版された。

最初は全く駄目だった。

半年後に、一人の大学生が見ず知らずの母子を殺すという、この時代にとっては稀に見る残虐な殺人事件が起こった。その学生のブログに私の小説がアップされていて、「この小説に僕は大いにインスパイアされた」と書かれていた事でブームに火が点き、売れ始めた。

私は、元の時代では珍しくもない、さしたる動機を持たない刺殺事件の一つを書いたに過ぎなかった。しかしもしこの小説が、結果的にこの手の無差別殺人を生んだとすれば、作家として何をやっているのかと頭を抱えた。

しかし私はその後も、同工異曲の猟奇殺人ものを書き続けた。

「シリーズ化しましょう」芳賀にそう言われた時、既に私は三作目に着手していた。一見平和なこの世界に対する強烈な違和感が、私を衝き動かしていた。さすがに二作目は駄目だろうと思われたが、これも売れた。三作目、四作目も順調で、私は中堅エンタメ作家の仲間入りを果たし、それと同時に最も不道徳な作家の一人と目されるようになった。黙殺する批評家が多い中で、文芸評論家の重鎮の一人が「この書き手は、もしかすると我々が陥っていたかも知れない別様の世界を知っているかのようだ」と書いた。その時は驚いたが、よく考えるとこの程度の事は誰にでも書ける事だ。

私はこの平和な世界を、どこか腹立たしく感じていたのかも知れない。我々はもっと酷い時代に生きていたのに、なぜこの時代だけがこんな平和を享受出来ているのか。せめて小説の中だけでもこの安寧をぶち壊したい、そういう思いがなかったとは言えない。

5

私は久し振りに「お化けアパート」の前を通った。

どこかで亜美子に見られているかも知れない事を警戒して、バイクに乗ったまま素通りする。二階の端の部屋の窓から漏れ出した枯れた蔓草が、一階の淑子の部屋を覆い隠していた。その時私は、自分がこちら側の世界に来て十年になろうとしている事を思い、縄首のドヤ街に行ってみようという気になった。昼飯時を少し過ぎていた。「縄首飯店」で何か食べるには、程好い時刻である。

駅前の駐輪場にバイクを預け、電車に乗った。

車両は空いていたが、私はドアに凭れてぼんやりと町の景色を眺めた。

と、つい一ヶ月ほど前にあった筈の建物が取り壊されたのか、見慣れない広い空き地が目に飛び込んできた。その土地には以前何が建っていたのだったかと、私はふと思った。それから縄首駅に着くまでの間、私はずっとそこに建っていた建物を思い出そうと記憶の頁を盛んに捲った。しかし電車から降りて縄首のホームに立っても尚、思い出せなかった。空き地の広さから考えてかなりの規模の建物の筈で、パチンコ屋や大型スーパーなどを頭に描いてみたが、どれもピンと来ない。

そして結局私は、思い出す事すら忘れて縄首の町に降り立った。

沢山の労働者達に混じって、中国人や韓国人、欧米人がいた。彼等が行き来する光景を眺めながら、これらの人々は、今自分達が見ている景色を一ヶ月後や十年後に、一体どれぐらい覚えているだろうかと思った。すると、電車から見た空き地の事を再び思い出し、我々はひょっとすると、世界についての記憶を自力では殆ど覚えていないのではなかろうかという事に思い至った。

私は「縄首飯店」に入り、カウンター席に腰を下ろした。

「半チャンラーメン」

「あいよ」

返事をした店員の顔に、見覚えはなかった。

カウンターには私の他に、一組の男同士の中年カップルがいた。

私はわざと自分の足許の床を見なかった。そして、もしこの店員が五分以内に半チャンラーメンを持って来たら、私の足許には間違いなく例の白い錠剤が落ちている、と験担ぎをして待った。

私は煙草に火を点けて一服し、店内を見回した。

サランラップで巻かれた力士のサイン入り色紙。

「日々の出会いと絆に感謝」と書かれたカレンダー。

商売繁盛の笹と七福神の置物。

どれもが油とヤニにまみれて茶色く変色している。

もし世界がこれだけのものであり、私がそこからやって来たと思い込んでいる世界が現実には存在しないとして、それで果たして何か不都合があるだろうか。

「新世紀文學α新人文学賞」を貰った純文学作家としての私の存在、浩という子供を持った淑子との貧しい結婚生活、それらが全て幻だったとしても、それが今のこの現実世界よりも重要である根拠などどこにもない。

もう何度も考えてきた事だった。

淑子も浩も本当は存在せず、彼等は私の書いた小説の登場人物だったという可能性。私は知らぬ間にそんな小説を書き、その筋書きを信じてしまったのではないか。

それはこんな文章から始まっていた筈だ。


その日の夕方、私は妻子と共に近所のスーパーで買い物をしていた。調味料の棚から醬油のミニボトルを手に取ってカートの籠の中に入れようとすると、淑子は「ちょっと待って」と私の手からボトルを取り上げ、「醬油は家にあるのを分けてあげるから、また仕事場の空の容器を持って来て」と言ってそれを棚に戻したので私は憤然とした。

気が付くとカウンターテーブルの上に煙草の灰が落ちていて、既に六分が経過していた。見ると少し離れた場所に、湯気の立つラーメンとミニチャーハンを乗せた盆が置かれている。

私は灰皿で煙草を揉み消し、盆を引き寄せてラーメンを啜った。そして割り箸を床に落とし、足許を覗き込んで驚いた。

錠剤が六粒落ちている。

私は椅子から降り、割り箸を拾い上げると同時に、錠剤を一粒摘み上げた。カウンターの中年男の一人が、コップの水で錠剤を飲み込む私の喉仏の動きを流し目で見ていた。

■

喫茶「瓦ナイト」で、私はアイスコーヒーを飲みながらノートに向かっていた。

もう何度もそうしてきた事だったが、改めてスマホでカレンダーを眺め、明日が私が元の世界から姿を消して十年目の日であると確認した。記憶は曖昧で、本当に確実な日付とは言えなかったが、どこかで線引きをしないと気持ちの整理が付けられなかった。

書いていたのは遺書である。

「亜美子へ。

君と結婚してからもう八年になるね。君が欲しがっていた子供は、結局出来なかった。済まない。君に残せるものと言えば、僅かな貯金と印税だけだ。

僕は前世から君に憧れていた（この、おかしな言い方を勘弁して欲しい）。だから僕は君と結婚出来て幸せだった。君は容姿も内面も、そして妻としても実に優れた女性だ。悲しい思いをさせた事もあるが、全て誤解だ。僕は君以外の女性を好きになった事もなければ、君以外の女性と関係を持った事もない。僕には亜美子だけだった。

しかし僕には根本的な問題がある。

君も気付いていたかも知れないが、僕は本物の小説家じゃない。『ブラック・キングダム』も『裂』も売れるには売れたが、あんなものはとても認められない。僕は坂下宙ぅ吉のような作家に憧れていた。こんな事を書くとまた、「文学の話は分からない」と言われてしまうかも知れないが、坂下宙ぅ吉の作品に比べたら、僕が書いた小説なんて単なるでっち上げの嘘っぱちに過ぎない。出来れば全てを消し去って、一から全部書き直したいほどだ。

僕は本当の事が書きたい。

だから僕は今日、自分の生命を賭して、縄首の「縄首飯店」の床に落ちていた錠剤を拾って飲んだ。

もしこの薬が毒物や劇物であった場合、僕は死んでしまうかも知れない。その時の事を考えて、僕は今この文章を書いている。もし万が一の場合、後に残された君の事を思うとやり切れない気持ちだ。しかし僕にとって書く事にはそれだけの重みがあるという事を、君にだけは伝えておきたい。勝手な言い分だというのは分かっている。

しかし僕は愚かにも、この一粒の錠剤に作家人生を賭けてみようと思う気持ちを抑えられないのだ。

　書くという営みは、一種の熱病なのかも知れない。

　この錠剤が麻薬のような物で、その幻覚作用や向精神作用の助けを借りて何か小説のネタを摑もうというけち臭い動機から、僕はこんな試みをするのでは断じてない。死を賭した愚行に敢えて踏み込む事自体に、僕の考える文学的な意味があるのである。君の人生をも巻き込んで、僕はこの愚行に賭けてみる」

　後半になるに従って、頭で考える事なく自動筆記のように書いた。書き終えて我に返ると、十年前の「八大旅館」の卓袱台で遺書を記してきたような錯覚に囚われ、酷く疲れてしまい、慌ててノートを閉じて「瓦ナイト」を出た。

「マッスルゴールド」に寄る事も考えたが、それよりも一刻も早く仕事場に戻って日記を処分し、あの日そうしたように眠らなければならないと思った。

　帰りの電車の中で再びあの広大な空き地を見た時、そこは一ヶ月前まで資材置き場で、沢山の鉄骨や材木、重機などが置かれていた事を思い出した。思い出してみると、実に何でもない事である。記憶というのは失われてこそ意味があり、失われない記憶などに大して意味はないのかも知れない。いや、逆に失われたからこそ、記憶に過大な意味付けをしてしまうのだろうか。

上手く頭が働かない。

少なくとも私は亜美子への遺書に、本当の事を書かなかった。「本当の事が書きたいのである」という自分の言葉に嘘はないと信じたかったが、それすらも、もう疑わしくなっている。

淑子が抱いていたという人形は、本当に人形だったのだろうか。

しかし私はこっちの世界で彼女と交接していない、身持ちの固い彼女が、誰か別の男の子供を身籠った筈はない。しかし、あの行政書士の話はどこか信用出来ない。淑子が抱いていたのは本物の赤ん坊だったにも拘らず、彼はそれを人形と言ったのではないか。人が混乱するのを面白がる顔だ。淑子に頼まれて作った「ネット予言者・憂いの喉チンコ」も、一種のトンデモサイトだったではないか。

私は西の空の落日が赤く染めたビル街を眺めながら、一つの確信を得た。

二度目の人生にも、失敗したのだ。

幾らでも、建て直すチャンスはあったような気もするが、しかしこれ以外のどんな選択が可能だったかと考えると、分からなくなった。

そもそも失敗のない人生がどういう人生なのか、もう想像も出来ないのである。

私はバイクを停めて、家に寄った。

「どこに行ってたの?」亜美子が訊いた。

「縄首で昼飯を食べてた」

「こんな時間まで?」

「喫茶店にも寄って、少し仕事をしてきた」

「そう。晩御飯は?」

「そうだな。食べて行くか」

私は亜美子と最後の夕食を共にした。テレビ画面には、巨大地震による津波の映像が映し出されていた。亜美子はスッピンで、ダボッとしたカーキ色のニットのシャツを着て、伸びるデニムを穿いていた。私は箸を取った。筍とわらびの炊いた物やしじみの味噌汁といった、亜美子の料理にしては地味な夕食を食べてる内に、突然何かが込み上げてきて私は咳き込んだ。

「花粉?」

「いや」

「風邪?」

「いいや」

既に頭の中に生じつつある異常な嗜眠状態に、私は気付いていた。その感じに覚えがあった。私は亜美子の顔を見た。彼女の顔が、奇妙な形に歪んでいく。私は彼女の名を呼んだ。「どうしたの? あなた!」という声が、水の中で聞くように遠い。私は何かに掴まろうとして、しじみの味噌汁の椀を引っ繰り返した。亜美子が叫んでいる。天井が渦を巻いた。

「やり直しだ」そう言ったつもりが、声にならなかった。

離人感が酷かった。

しかし私は、ぼんやりした頭で鳥居工業との営業記録の資料ファイルを猛然と読み込み、ミニカに乗って会社を後にした。運転している内に、体が馴染んできた。デジタル時計のボタンを押すと、2月14日という日付が表示された。

鳥居工業の応接スペースで、私は慎重に言葉を選びながら新製品の平面研削盤の良さを力説した。腕組みをしてじっと聞いていた鳥居社長は突然破顔して「これ使うて、ええ製品作らして貰いまっせ江川はん」と言った。ポーチから印鑑ケースを取り出した鳥居社長に「今すぐ契約するさかいな」と言われ、私は慌てて鞄の中から契約書を取り出した。そして俯いて印を突く社長の姿をじっと眺めた。

お茶を運んで来た淑子は、若々しくふくよかな頰で微笑んでいた。帰り際に、私は彼女に囁いた。

「明後日、『カトレア』に七時だね」

「ええ」

その汚れのない細い首を見て、私はその場で淑子を抱き締めたい衝動に駆られた。

バイクに乗ってアパート「第四如月荘」に戻ると、セブンスターの新しい箱が二つ、「お帰りなさい」とでも言うように炬燵の上に置いてあった。煙草を吸いながら鞄の中から日記帳を取り出す。日記は矢張り二月十二日で終わっていた。私には二月十三日の記憶がない。ひょっとすると私は昨日、淑子を抱いていたのかも知れないと思った。

喫茶「ひまわりん」に行き、「紙魚女」にチャーハンとコーヒーを注文する。紙魚女は相変わらず深海生物のようで、チャーハンを一口食べた途端、胸が一杯になった。私はこの瞬間、もう絶対に失敗しないと心に誓った。仏の顔も三度だ。少なくとも私は、この三度目の人生を悔いなく生きたいと心の底から切望した。

淑子には果たして、一度目と二度目の人生の記憶があるのだろうかと考えた。鳥居工業での彼女は、実に穏やかな表情をしていた。それだけで充分なのではないだろうか、という気がする。彼女に私との過去の記憶があろうとなかろうと、彼女は間違いなく私を愛してくれるに違いない。淑子の愛は常に、私の浅はかな考えなど遥かに及ばないほどの深さを持っていたのではなかったか。そして我々は、この世に浩を存在させなければならないという、共通の使命を帯びている筈だった。

私には、経済的成功の見通しもある。ベストセラーの書き方はもう分かっていた。淑子と浩に貧乏暮らしをさせる恐れはなく、彼らを幸せにする条件は整っている。

紙魚女が水を運んできた。私は『ブラック・キングダム』の主要登場人物の一人である彼女に、感謝の気持ちを込めて「有難う」と言った。彼女は「いいえ」と答えた。その日に私は「今度こそ後悔しないように生きて下さいね」というメッセージを読み取り、思わず「お前もな」と言いそうになった。

二日後、約束の十分前に駅前商店街の「カトレア」に行くと淑子はまだ来ていなかった。私は過去二回の席と同じ店の隅のテーブルの、淑子がいた席に腰掛けて彼女を待った。

七時を過ぎても彼女は来なかった。携帯電話を見たが、着信はない。こちらから掛けてみようと思ったが、もう少し待ってみようと思い、煙草を吸いながら水ばかり飲んだ。

淑子は七時二十分にやって来た。

「遅くなってご免なさい」と言う。

「何かあったの？」

「別に」

「そう」

少し気不味い雰囲気が流れた。彼女の固い表情は、緊張から来る不自然さだと私は理解した。彼女の気持ちはよく分かった。矢張り私に受け入れて貰えないのではないかという恐ろしい不安が、彼女からすっかり快活さを奪い去ってしまっているのだ。そういう不安を抱かせるのも、全て私の過去の所業のせいだった。しかしその不安が大きければ大きいほど、この後彼女に訪れる安堵と喜びは大きなものになるに違いなかった。私は極力自然に振る舞った。

「会社はどう？」

「ええ。いつも通りよ」

「社長は？」

「ええ。いつも通り」

「それは良かった」

二人で同じ洋食セットを食べ、コーヒーを飲んだ。会話は余り弾まなかったが、淑子の顔に時折笑顔が見える度に、私は飛び切りの笑顔を返した。

「髪が長いからシャンプーが大変だね」

「ええ」

「なかなか乾かないよね」

「ええ。でも、どうしてそんな事を訊くの？」

「これから度々、僕がその髪にドライヤーを掛ける事になるからだよ」と言いたいのを我慢して、私は「まあ、何となくね」と答えた。

店を出て商店街を抜け、駅前ロータリーに出た。矢張り風が強く、淑子は鼻と口をマフラーで覆っていた。駅の構内は明る過ぎ、ブレイクダンスの練習をする若者達がうるさい音楽を流していたので、我々は寒さを堪えて街路樹のそばに身を寄せた。

「亜美子が、友達からなら別に構わないって」

「そう」

「ええ」

「でも彼女の事はもういいんだ」

淑子は何も答えず、ぼんやりとブレイクダンスの若者達の方を眺めている。私は記憶を辿りながら、彼女の手が突っ込まれたオーバーコートのポケットと、彼女の顔とを交互に眺めた。この辺りのタイミングで、アレが差し出されてくる筈であった。

一陣の強い北風が吹き、街路樹がざわめいた。

淑子は、私に嫌がられる事を恐れて逡巡している。それならば、こちらから手を差し伸べるべきであろうと思われた。

「何？」

私は訊いた。

淑子は私を見た。

そして小さく首を振った。

「きゃあああっ！」

若者が素っ頓狂な声を張り上げ、仲間達が笑った。

「じゃあ、行くね」と淑子が言った。

私は反射的に「ああ」と返事をした。淑子はこちらを向いたまま数歩後退り、クルッと踵を返すと、そのまま改札の方へと立ち去って行った。その後ろ姿を眺め、「淑子！」と叫びそうになるのを堪えた。

それから私は暫く寒空の下に突っ立っていたが、急にハッとして、駅の構内に走っていった。券売機で出鱈目に切符を買い、改札を抜けて階段を上ってホームに立った。

「淑子！」

彼女は私を振り向き、一瞬だけ目を合わせて、視線を逸らせた。

その瞬間の彼女の顔は、目が赤く充血し、下唇の半分が前歯でしっかりと噛まれ、残りの半分はぷくっと膨らんでいた。

能天気なオルゴール音がしてアナウンスが流れ、やがてホームに電車が滑り込んで来た。

淑子は、二度と私の方を見なかった。

淑子は車両に乗り込むと、吊革に摑まって私に背を向けた。

電車が動き出すと、私は電車を追うようにしてホームを歩いた。闇の中に突っ込んで行く電車を見送りながら、私はこの先の十年間を思った。

空に星はなく、この世界は、一点の光もない深海のように真っ暗だった。

私は心の中で、「アレがないよ、淑子」と呟いた。

私は本当に書けなくなった。

何度か「新世紀文學α新人文学賞」に送ったが悉く一次選考で落選し、『ブラック・キングダム』は正しい作者に先を越された。

しかし私は既に、書く事などどうでもよくなっていた。

何をしても既視感があり、何が起こっても新鮮さを感じない。テロ事件が頻発するようになり、そう遠くない場所の大きな橋が落ちたり百貨店が爆破されたりしたが、それは百年前から続いている事のように思えた。

人々の姿は紙人形のようで、世界は人形劇の書割のようだった。

この世界に来てから八年になる。巨大津波、原発事故、巨大テロは言うに及ばず、遠い国の内戦に実質的に参戦して戦死者も出ている。この世界にいれば当たり前の事も、別の世界から見れば決して当たり前ではない。

私はこの年に専業作家になっている筈であった。

しかし私はまだ大東洋マシンを辞めていない。

そして驚くべき事に、鳥居工業に行く度に淑子にも会っている。しかし話し掛けはしない。

時々全てが夢だったのではないかと思う事がある。

仕事を辞めて、私は縄首の町に移り住んだ。

矢張りここは落ち着く。

私はその夜、静まり返った町角の、薄暗い街灯の下に立った。

私の望みは、この先の時代へと突き抜ける事だけである。繰り返すのはもう沢山だ。突き抜けられさえすれば、その先にどんな酷い状況が待ち受けていようと、少なくともそれはまだ見ぬ未知の世界の筈である。それだけで充分、生きて行く理由になる。

淑子、浩、誠司、亜美子、自分。この顔ぶれには、もう飽き飽きした。

遠くにある「飛魚食品組合」の町灯りが、空の雲をほんのりと照らしている。

五十軒近くある中から相手を選ぶ際、目を合わせて直感的にいいなと思ったその時に買わなければ、チャンスは二度と巡って来ない。

人生も同じだ。

繰り返してやり直そうと幾ら頑張っても、人は同じ人生の反復に耐えられない。

それ以上に退屈な人生はないからだ。

私は街灯に自分の手を翳した。

青白い手。

本来ならばすでに還暦を超えている筈が、私はまだ四十四歳である。この若さを生かして生きて行くしかなかった。

一人の男が近付いて来た。歩いて来た方角から推して、男は恐らく「マッスルゴールド」から出てきたに違いない。通り過ぎようとする男に、私は声を掛けた。

「ねえ」

男は一瞬立ち止まり、上から下まで私の姿を舐めるように眺めた。私は膝を合わせて体を斜めに構え、ワンピースの裾を摘んで引き上げてパンプスの先をそっと男の方に突き出した。男は一瞬表情を強張らせたと思うと、そのまま立ち去ろうとする。

「ちょっと！」

私が声を浴びせると、男は突然走り出した。

「何よ！」と私は叫んだ。駅の方へと走って行く男の後姿は次第に小さくなり、高架の下の闇の中に溶け込んで消えてしまった。

5

二度目の十年目の日を迎えた。

五年目辺りから胸が痛くなり、煙草が吸えなくなった。会社の健康診断では、肺だけでなく他の臓器の働きも弱っていて筋肉量も低いという結果が毎年出ていた。今はもっと酷くなっているに違いない。時間を遡る事は、身体的なダメージを伴うのかも知れない。

私は縄首のドヤの一室で目を覚ました。

陽は既に高かった。

この数日「縄首飯店」で食事する度に床を見たが、何も落ちていなかった。ドヤの部屋は畳一畳に布団が一枚延べてあるだけで、「お化けアパート」に負けない陽当たりの悪さである。天井の板目模様を目でなぞりながら、私はぼんやりした。部屋の鴨居には数着のワンピースやスカートが掛けられ、扉の内側の板の上には男物の靴の他にパンプスやハイヒールが置かれている。会社を辞めてから、男娼のような事をしている。貯金はまだ残っていたが、こんな生活をしながらどこまで生きていけるだろうか。恐らく数年ともつまい。

しかし兎に角、今度は戻らなかった。

私は静かに、未知の時代へと突き抜けた筈である。

そう信じたかった。それだけで、満ち足りた気持ちになれるからである。ここから先に何が起こるのか、未来については一切分からない。それこそが、私が私の人生を手にしているという事だ。既に経験した時間を辿り直すような人生は、もう真っ平だった。

私は布団の上でゆっくりと上体を起こした。そして立ち上がるとワンピースを着て、部屋を出た。トイレに行き、洗面所で顔を洗って鏡を見る。一瞬、自分の顔が老人に見えた。

財布を持って外に出る。今ならギリギリ、モーニングに間に合う筈だ。

喫茶「瓦ナイト」に出向くと、奥の席で美紗さんがバタートーストに齧り付いていた。私と同じ男娼で、三つ年下である。私は窓際の席に腰を下ろし、モーニングを注文した。何となく蒸し暑い日で、アイスコーヒーにしようかどうか迷ったがホットにした。運ばれて来た皿の端が小さく欠けていて、サラダを口にすると生乾きの雑巾のような臭いが鼻を抜けていく。

「ここ、いい？」

見るといつの間に近付いて来たのか、コーヒーカップとラメ入りのポーチを持った美紗さんが立っている。

「どうぞ」

彼女が近付いてくる理由が、私にはピンときた。

「またお願い出来るかしら？」

「いいわよ」

「ありがとう」

「あなた、いいタイミング」私は言った。

彼女は今は亡き大切な人の形見として、ミニカを一台高架下に不法駐車している。運転免許証を持っていない彼女は、彼とドライブしたこの車で墓参したくなる度に私を頼るのである。その代わりに私は、その車中で、誰にもしない話を彼女だけにする。

私の忠告に従って時々エンジンを掛けているだけあって、バッテリーは生きていた。たまの運転は愉しい。私はハイヒールを脱ぎ、裸足でアクセルを踏み込んだ。

「十年の壁を超えたのよ」私は言った。

「あら、本当に？」

「ええ。今は新しい世界を生きているの」

「そうなの」

気乗りしなさそうな返事だったが、彼女には私の話を聞く義務がある。

私は話し続けた。

「淑子は私に、変わらない事を求めたんだと思うの。あの子は臆病だったから、変化を恐れたのね。思えば浩も脇田医師も、ちっとも変わらない人間だった。そういう人っているじゃない。信頼出来る人達。でも私は変わった。私は一度目の繰り返しで彼女を選ばなかった。すると二度目の繰り返しは彼女の方から私を選ばなかった。そしてそれぞれ別々の人生が始まったの。だから私は、あなたと同じこんな形をしているのよ。これはオリジナルな人生。だからもう繰り返さないのよ」

「一度目や二度目の繰り返しも、どの道一寸先は闇じゃなかったの？」

「そうであっても、全然違うのよ」

「私には分からないわ」

「ふふ」

「もし三度目があったら？」美紗が訊いた。

「ないわ」

「もしあったら？」

私は顎を引いて笑い、睨むように彼女の顔を見た。フランスの女優を気取っていたのだと思う。その瞬間、美紗が私から目を逸らして前を向いたかと思うと、「ひ」っと声を呑んだ。私も前を見た。それと同時にドンと音がして、何かの塊が宙を舞った。私は慌ててブレーキを踏み込んでハンドルにしがみ付き、アスファルトにバウンドするその小さな塊を焦げるほど強く睨み付けた。

数秒後、私はハッとしてミニカをユーターンさせた。美紗が何か言いながらハンドルに手を伸ばしてきたので、喧嘩のようになった。私は路肩に車を停めると外に飛び出し、助手席から彼女を引き摺り下ろした。叫ぶ彼女を両手で突き飛ばし、再び車を走らせる。そしてバックミラーを覗き込み、アスファルトに腰を落としてケチャックダンスのように両腕を振り上げている美紗と、微動だにしない塊とを目の中に見納めた。

縄首の元の高架下に、キーを付けっ放しにしてミニカを乗り捨てると、私は「縄首飯店」を目指して歩いた。歩きながらふと、このままドヤの部屋で眠りに落ちるだけで何もしなくても錠剤の効果が切れ、元の世界に戻るのかも知れないと思った。しかし元の世界も、この世界と同じように恐ろしいもののような気がした。

途中、煙草屋でセブンスターとライターを買った。

「縄首飯店」に入り、カウンターに腰を下ろして煙草に火を点けた。最初は美味いと感じたが、すぐに喉が詰まる感じがした。しかし無理に、肺一杯に煙を吸い込み続けた。運ばれてきた餃子を頬張ってビールで流し込み、二本目の煙草を吸いながら床を見た。

何も落ちていない。

私はセブンスターの箱を床に落とし、椅子から立って床にしゃがみ込んだ。ふと見ると、カウンターの下の、床から一段高くなったコンクリートの足置きの端、丁度私のいた場所から死角になっていた場所に白い粒が幾つか落ちていた。覗き込むと、錠剤は五粒あった。

私は一粒だけ摘み上げた。一瞬頭の中に、五粒全部を飲んでみようという考えが過ぎったが、即死する気がして止めた。ビールで一粒だけ飲み下し、床の上の残り四粒を眺めた。十年後の為に一粒だけでも持っておきたい気もしたが、全てを今まで通りにしておかないとまずいと思った。

支払いを済ませ、「縄首飯店」を出た。地下ポルノ映画館で客を探したが、私を求める男は一人も居なかった。ドヤの部屋に戻り、布団の上に体を横たえて目を閉じた。途中で一度目を覚まし、最後のオナニーをしてから再び眠りに落ちた。私はまだ、突き抜けていなかったのだ。恐らく元の世界に戻って突き抜けるのでなければ、意味がないのである。

私は今、七度目の人生を終わろうとしている。

人生と言っても、高が十年の繰り返しである。

宝くじのナンバーズの数字を記憶して何度も挑戦してみたが、一度も当たった例がない。

「新世紀文學α新人文学賞」を受賞する事は、二度となかった。『轟沈』を書いてから七十数年、今ではもう細かな部分の記憶は殆どない。

三粒目を飲んで戻った三度目の繰り返しの時、私は即刻会社を辞め、淑子や亜美子との接触を避けた。そして自分のした事を忘れる為に、新興宗教の門を叩き、女に溺れた。

5

その三度目の繰り返しの終わりに、私は交通事故を目撃した。遠くでよく分からなかったが、子供が鞠のように跳ねるのを見た。女が一人運転席から降りて来て、助手席から別の女を引き摺り出し、車で走り去った。私はその場から逃げ出し、「縄首飯店」の床を這いずり回った。そして四粒の錠剤を見付け、一粒摘んで大急ぎで飲み込んだ。

四度目の繰り返しの時、私は淑子に会う前に会社を辞め、愚直な一工場労働者として の十年を送った。何も書かず、本も一切読まなかった。田舎から出てきた気立ての良い女工と同棲し、無口な男として暮らした。自分があれほど拘っていた「書く」という行為が、人生に於いて少しも重要なものではないと分かった。この時の十年が、私にとって最も安寧で平穏な日々だった気がする。それでも終盤になると急に巨大な不安と意味不明の衝動に襲われ、私は女に手を挙げ、一週間の間アパートに籠もって猛然と書きまくり、百枚綴りの大学ノート一冊を文字で埋め尽くすや破り捨ててアパートを飛び出した。

そして錠剤を飲む事なく「八大旅館」に転がり込み、布団にしがみ付いて突き抜ける瞬間を待った。

9

そしてとうとう、私は突き抜けた。それも元の世界で。

目を覚ますと枕元には卓袱台があり、殆ど空になったウィスキーのポケット瓶と、書き掛けのノートが覗いていた。私はノートに手を伸ばして手に取り、四十年前に淑子に宛てて書いた自分の遺書を眺めた。卓袱台の上に灰皿とセブンスターがあった。火を点けて五口ほど吸い、揉み消す。小便がしたかった。ヨロヨロと起き上がり、壁伝いに歩いて部屋を出て便所に行った。尿は濃く、アルコール臭かった。

電車に乗り、家の最寄り駅に降り立った。駅に置いた自分の自転車を捜すのに、酷く時間が掛かった。慣れた道を走りながら、淑子と浩に会える喜びと同時に、大きな不安に包まれた。

家の窓には、シャッターが下ろされていた。

玄関扉を開けて入ると、家の中は薄暗かった。

居間の布団の上に、淑子が正座していた。

部屋には、三十四歳の彼女の懐かしい匂いが漂っている。

私は「ただ今」と言った。

「何をしていたの？」淑子が言った。

「プチ家出だ。済まん。浩は？」

「いないわ」

「いないって？」

「出て行ったのよ」淑子は腰を擦った。

「いつからだ？」

「昨日から」

浩は父親の真似をしたのだろうか。一体どこまで馬鹿なんだ。

「警察は？」

「誠司さんに捜索願を頼んだわ」

「どうして出て行ったんだ？」

「あなたを捜しに行ったのよ」

私は家を飛び出した。背中に向かって、淑子が大声で何か叫んだ。

自転車で一旦仕事場に行き、携帯電話を持った。誠司からの着信が沢山入っていた。

目当ての場所に行くと、アスファルトの上にタイヤ痕と血痕を見付けた。私は誠司に電話を掛けた。そして、浩を抱いた女が、たった今警察に出頭して来た事を知った。私は彼に「絶対に淑子にその事を伝えるな」と言うと「縄首飯店」に急いだ。埃まみれの錠剤が三粒落ちていた。私は一粒飲み込むと家に取って返した。淑子は布団の上に丸まっていた。私はその横に寝転び、彼女の肩を抱き寄せて目を閉じた。

9

五度目の繰り返しの時、私はすぐには会社を辞めなかった。

バレンタインデーの二日後は、風邪を引いたと偽って淑子とは会わずに済ませた。

或る日淑子から呼び出され、喫茶店で落ち合った。

「煙草、どうぞ」と彼女は言ったが、私は遠慮した。窓からの午後の陽射しにも拘わらず彼女の顔には暗い翳が差し、目には心なしか力がない。

「調子が悪いのか？」私は訊いた。

彼女は首を左右に振り、「我慢出来ない」と言った。

「何が？」

「分からないわ。でも、何だか閉じ込められてるみたいな気がするの」

「どういう事だ？」

首を振り続ける淑子が、元の世界の事を何も覚えていないという可能性に私は驚いた。

「同じ所をグルグル回ってるみたいで」

私は煙草に火を点け、天井に向けて煙を吐きながら思案し、煙に噎せた。

そして暫くお茶をしてから、「ちょっと出よう」と彼女を誘った。

二人でスーパーに入り、私は調味料の棚から醬油のミニボトルを三本、籠の中に放り込んだ。チラッと淑子の表情を窺ったが少しも気にする様子はなく、寧ろ自分の問題で精一杯という思い詰めた顔で虚空を見ている。私はレジに向かいながら彼女の手を取り、「力になるよ」と言った。

「醬油が切れててね」

「何を買うの？」

「有難う」彼女は私の手を握り返した。

何度か淑子に言い寄ったが、その度に断られた。しかし連絡は取り合い、時々会ったりした。

■ ■

十年目が近付くと、私は極度に緊張した。突き抜けた瞬間に、例の場所で浩を事故から守れると私は考えていた。しかし幾ら待っても、その場所に浩もミニカも現れなかった。

私は自分がどこにいるのか分からなくなり、周囲を眺め回した。さして交通量の多くない、地方の県道の交差点である。横断歩道はあるが、信号はない。

浩は間違いなくこの場所で、私を捜して歩いていた筈である。

前回の繰り返しの終わりに、私は元の世界に戻り、そこから少しだけ未来へと突き抜けた。そしてこの交差点で浩が車に轢かれた痕跡を見て、誠司からも情報を得た。

しかし結局その後、錠剤を飲んだ。ひょっとすると、錠剤を飲んでしまえば、それまであった事は全て存在しなかったものとして消滅してしまうのだろうか。

果たしてそれは、何を意味するのか。

繰り返しの時間が延長され、元の世界を食い潰していくのか。

だとすれば、錠剤を飲む限り浩は死なないという事になりはしないか。

しかしこの世界に浩は存在していない。

では一体浩は、どこにいるのか。

ⅵ

私は家に戻った。

家には江川でも斉藤でもなく、知らない表札が掛かっていた。私は自分がまだ、五回目の繰り返しの世界の中に留まっている事を知った。

そして私は気付いた。

前回は眠ったのだった。「八大旅館」で眠り、目覚めたら元の世界に戻っていたのだ。眠らなければ元の世界で突き抜けられないのである。

「八大旅館」でウトウトしてから目を覚ますと、世界は赤や黄に彩られていた。一体どんな異界に迷い込んだのかと訝りながら見回すと、辺りはもうすっかり夜で、パチンコ屋のネオンの光が窓ガラスを通して部屋の中に差し込んでいるのだった。

少し眠った筈だが、元の世界には全く戻れていない。

睡眠時間が足りなかったのか、既に戻るタイミングを逸したのか、理由は分からなかった。

宿の外に出ると女が立っていたが、無視してフラフラと「縄首飯店」に入り、ビールとキムチを注文する。

足許の二粒の錠剤は、すぐに見付かった。私は一粒を拾い上げ、カウンターの上に置いた。仕切り直すしかないと思い、下唇の上に錠剤を乗せた時、「いらっしゃいませ」の声と共に私の横に女が擦り寄って来た。

「それは何?」と言う。

淑子だった。彼女は咄嗟に私の唇から錠剤を捥ぎ取ると、閉じかけた自動ドアの隙間から店の外に放り投げた。

「何をする」

「もうやめて」

淑子は目に涙を溜めて、演劇的な首の振り方をした。

「お前、付けてきたのか」

「そうよ」

「やっぱり知ってたのか」

「そうよ」

「もう一度戻って、今度こそ浩を救うんだ」

淑子の首振りが益々演劇的になった。

「もう嫌よ」

「浩が死んでもいいのか」

「お客さん、何に致しましょう?」店員の声が割って入った。

「突っ立ってないで、まあ座れ」

「嫌」

「注文、ちょっと考えるから」私は店員に向かって言った。

「浩は死ぬの?」淑子が言った。

「そうだ」

「嘘」

「本当だ。交通事故に遭う」

「………」

「だから助けるんだ」

淑子は私の隣に腰を下ろし、両手で頭を抱えた。

「大丈夫か?」

「十年後に、本当に浩を助けられるの？」

「ああ」

「本当なの？」

「ああ」

半世紀以上前、淑子が私を信じようとして何度念押ししても、どうしても信じられないという、今と同じような状況があった事を私は思い出した。不倫の相手は、私のファンだという女子学生だった。私はあの時と同じように、平然と嘘を吐いているのかも知れない。

「やっぱり無理」淑子が言った。

私は咄嗟に椅子から離れ、床に落ちていた錠剤を摘み上げた。淑子が躍り掛かってきた。私は彼女の体を手で制して、錠剤を口に入れた。淑子が悲鳴を上げた。

「浩が死んでもいいのか！」と私は言った。

「死んでもいい。もう繰り返すのは嫌！」と淑子が叫んだ。

六回目の繰り返しでは、私はすぐに会社を辞めて淑子の前から姿を消した。浩の為に、母親として淑子にあと十年我慢してくれと祈った。

■

■

十年後、私は興奮して眠れず、再びタイミングを逸した。

「縄首飯店」の店先には、憔悴した淑子が張り込んでいた。私も同じだったが、経年による彼女の体のダメージの方が明らかに酷かった。過ごして来た月日を積み上げると、彼女は九十四歳になる。私は、彼女が近くのパチンコ屋に用を足しに行く度に、「縄首飯店」に入って錠剤を捜した。しかし見付からなかった。長い持久戦の果てに、店の前の歩道に落ちている錠剤を発見した。私は、パチンコ屋から戻って来た淑子と向き合った。

「又浩を、助けられなかったのね」淑子は喋りながら咳をした。

「ああ」

「薬を飲んだのね」

「ああ」

淑子はその場に蹲った。差し伸べた私の手を、彼女は力一杯払い除けた。

「また十年……」

「これで最後だ」

「未来を生きたい……」

淑子が顔を上げた。

「どうして最後なの？」

「錠剤は七粒でおしまいなんだ」

彼女は一頻り咳き込んだ。

「本当？」

「ああ」

「本当なの？」

「ああ」

■

七回目の繰り返しの始めに、私は淑子に接近しようとした。しかし結局、直接会って話す事は怖くて出来ず、会社を辞めた。私のせいで何度も過去へと投げ返されてきた彼女の恨みを思うと、恐ろしかった。しかし私は、彼女の姿をこっそりと何度も見た。彼女はスーパーで買い物をしたり、ただ町を歩いたりしていた。何度生き直しても日常性から一歩も離れず、同じような生活の些事を延々と繰り返すその姿に私は胸を詰まらせた。彼女は私と同じように一見若い外観ではあったが、内面はもうすっかり衰弱していた。その横顔は古池に沈んだ苔だらけの白熱電球のようで、少しの光も感じられない。

私はこの十年を、縄首に暮らす労働者として生きた。まだ若い肉体には手配師の声がよく掛かったが、内実はすっかり老人であったから、誤魔化すのに苦労した。数ヶ月間、原子力発電所で働いた事もある。性欲もめっきり減退し、煙草も殆ど吸えなくなっている。

十年目のその日、「縄首飯店」で最後のラーメンを食べ、床を見回して錠剤がどこにも落ちていない事を確かめてから、「八大旅館」の部屋に戻った。淑子の姿はなかった。私は煎餅布団の上に体を横たえ、天井を眺めた。これからどうなるのかという事には、余り頭を悩ませなかった。ただ、自分に起こる事を従容と受け容れようと思った。

■

目を覚ますと「八大旅館」の六畳間の布団の上に、私は仰向けに寝ていた。起き上がろうとしたが、長い疲労が蓄積して容易ではない。枕元には卓袱台があり、殆ど空になったウィスキーのポケット瓶と、書き掛けのノートが覗いていた。私はノートに手を伸ばして手に取り、七十年前に淑子に宛てて書いた遺書を眺めた。

半時間近くゴロゴロして、漸く上体を起こす。卓袱台の上に灰皿とセブンスターがあったが、吸う気にもならない。ヨロヨロと起き上がり、壁伝いに歩いて部屋を出て便所に行った。尿は濃く、アルコール臭かった。私は宿を出て、目的の場所へと向かった。

アスファルトの上に、タイヤ痕と血痕があった。

固まった血の塊の中には毛髪も混じっていて、走る車の風に吹かれて微かに揺れていた。引っ張るとプツッと切れた。私はその髪をポケットに入れて、家に戻った。

家では誠司が留守番をしていた。

「どこに行ってたんだよ！」誠司は激昂した。

「プチ家出をしていた。淑子はどこだ？」

「病院だよ！」

「どうしたんだ？」

「今朝、突然意識がなくなったんだ」

「そんな筈はない」

有り得る気がした。

「浩は？」

「行方不明だ。兎に角病院へ行かないと」

■

昼過ぎに、警察から浩事故死の報告が届いた。車を運転していたのも浩を警察に連れて来たのも女装した中年男で、脇見運転が原因だった。どういう原理になっているのか分からなかったが、この運転手はいつかの私に違いなかった。従って、私は決してその男に会おうとしなかった。後に彼に会った誠司の話によると、顔は全く私に似ていないという。

淑子は、その日の夕方に息を引き取った。彼女の腰は脇田診療所で診て貰っている間にすっかり悪化し、既に末期の段階に入っていた。しかし直接の死因は、原因不明の極度の衰弱による多臓器不全だとされた。即ち老衰という事だ。それが、度重なるタイムリープのせいである事は明らかだった。

浩と淑子は、私が殺したも同然だった。

告別式に、亜美子が一人でやって来た。

彼女の喪服姿は、参列した男達の注目を集めた。

彼女の声を聞きながら、喪服に包まれたその豊満な体を私は懐かしんだ。

「幾ら何でも若過ぎるわ」と言いながら、彼女はハンカチで目頭を押さえた。私が老衰で死ぬ日もそう遠くないに違いない。彼女の相変わらずの大根役者振りが、無性に懐かしかった。

数日後、淑子のスマホから番号を見付け、亜美子に電話した。

「会いませんか？」私は言った。

「あなたに一つ、言いたい事があるの」

その言い方と声の調子にドキッとした。

「何でしょう？」

「遺書ぐらい、本当の事を書きなさいよ」

そう言って、彼女は電話を切った。

私は目を剝いた。亜美子は、私との過去を記憶しているのか。

5

誠司を問い詰めたが、よく分からないと言うばかりで要領を得なかった。しかし嘘を吐いている気配はない。

「お前は結婚していて、子供もいたんだ」と言うと、彼は真面目な顔を崩さず、「確かに、そんな夢は時々見るよ」と答えた。

5

私は脇田診療所に行き、淑子が死んだ事を告げた。

「奥さんは、とても辛そうでした」脇田医師は言った。

「腰の事ですか？」

「いいえ、自分の意のままにならない無意味な人生の繰り返しの事です」

脇田医師の顔を一発殴ろうと思って赴いたのが、淑子は少なくとも脇田医師に慰められていたと分かって言葉が詰まった。

それから程なくして、仕事場のポストから大判の封筒を取って来た私は和室で倒れ、起き上がれなくなった。そのまま暫く天井を眺めた。物凄い勢いで、死が迫ってくるのが分かった。しかしまだ手は動いたので、封筒を破った。

そして私は「あ」と声を上げた。

中には付箋を付された新聞が、二部入っていた。一筆箋には、「コラム『私の遺書』へのご寄稿をありがとうございました。掲載紙をお送りいたします」と書かれていた。あの日電話で亜美子が言った「遺書」とは、その前日に新聞に載ったこのコラムの事だったのだ。それは、私が初めて過去へと旅立つ前に終えていた仕事だった。私は七十年振りにそれを読んだ。実に詰まらない文章。中でも最も詰まらないのはこの文章だ。

「覚えている限りでは、私は妻子を裏切ったことがない。しかし人は変わる。この先たとえ妻子に裏切られることがあっても、私自身は決して変わらずにいたいと願う」

何だこれは。私は吹き出した。

しかし、笑いはすぐに消えた。私は亜美子の言った言葉の意味に気付いた。亜美子は淑子から私の所業を色々と聞いていたに違いなかった。だからこの傲岸不遜な文章に、彼女は怒りを覚えたのだ。こんな文章をわざわざ書かなければならなかった事情が、あの時の私には存在していた筈だ。そんな朧気な記憶が甦える。書くためと称して自分に許していた度重なる浮気。私は、自分の潔白を新聞のコラムで公言する事によって、私に対する淑子の疑念を薙ぎ払おうとしたのである。何と卑劣な手口か。

そして私は、脇田医師が言った淑子の苦しみ、即ち「自分の意のままにならない無意味な人生の繰り返し」というのが、タイムリープの事ではなかった事にも思い至った。彼女は私との生活そのものを、そのように感じていたのである。

そもそもタイムリープなど、本当にあったのだろうか？

頭の中に濃い靄が掛かり、その靄の中から声が聞こえてきた。

「お父さんの事が好きか?」

「別に」

やや甲高い独特の響きを持ったこの声の主を、私はミニカで轢き殺したのだろうか。父親の本質を、浩は精確に見抜いていた。彼は決して馬鹿ではなかった。

天井が回り始め、死が何本もの手を伸ばして私を捕らえようとする。

こんな人間のまま死にたくなかった。

出来る事なら、もう一度だけ、やり直したい。

そして、今度こそ本当の事が書きたい。

「淑子、アレがない」私は呟いた。

「アレがない!」

ふと見ると、畳の上に白い錠剤が一粒落ちている。しかしもう体が動かなかった。

私は錠剤に向かって目玉をクリクリさせ、千切れるほど舌を伸ばした。涎が頬を伝う。

よく見るとそれは錠剤ではなく、虫だった。よく肥えた紙魚だ。私が最も忌み嫌う本を食べる虫。私は紙魚に向かって息輪を吹き掛けようとした。すると紙魚は泳ぐようにこちらに近付いて来た。そして私の首から頭へと駆け上って来た。紙魚は頭皮に留まり、フケを食べ始めた。

私は亜美子に向かって、心の中で毒づいた。

じゃあ聞くが、本当の事って何なんだ。

すると紙魚が頭から顔に出てきて、額から脇鼻へと降りてきた。

私は息を殺した。そして口の端へと泳いできた紙魚を、素早く舌で舐め取り、飲み下した。これは生きた漢方薬に違いない。

私は最期の力を振り絞って叫んだ。

「もう一回だけ！」

出来れば無限回。

「もう一回だけ！」

自作解説

書き下ろしというのは、文芸誌や新聞などを経ずに直接単行本の原稿を書くことで、原稿料は発生せず収入は印税のみである。従って、数ヶ月かけて書き上げた書き下ろし原稿が没になると、その間タダ働きになってしまう。私は作家デビューして十八年だが、そんなことは普通にある。「没です」と言われるとさすがにショックだが、駄目な物は駄目なので原稿は思い切りよく捨てる。後ろは振り返らない（実生活でもゴミ拾いが趣味なので、時々没原稿のゴミの山から使えそうな部分を拾い出して短編などに使ったりすることが、実はないではないです）。

頼みの書き下ろし長編の原稿が没になり、次の小説を書きあぐねていた時、ふと「もし今の記憶はそのままに十年前の自分に戻ってしまったら、どういう人生を送るだろうか」という、小学生でも考え付くような凡庸なアイデアが浮かんだ。そんな小説はどうせろくなものにならないと思い、何度も頭から消そうとしたのだが、しかし私は妙にこのアイデアに惹き付けられた。それは、もし十年前の主人公が今の妻と結婚する前だったとして、果たして彼は再び同じ女性を妻として選ぶだろうかという、これまた凡庸な、しかし小学生には思い付かないだろう大人の疑問が浮かんだからである。

結婚十年近い夫婦の中で、今とは別の配偶者を夢想したことが一度もない夫や妻など一人もいないと思うが、どうだろうか。従って十年前に戻った場合、主人公が妻とは別の女性と付き合うようになるだろうことは容易に想像出来た。しかし、では、別の女性と結婚して十年経った時、再び十年前に投げ返された場合はどうか? もしその時、改めて最初の妻に言い寄ったとして、妻の側は彼を受け容れるだろうか。などと考えている内に少しずつ妄想が膨らんで、締め切りが迫っていたこともあって結局私はこの小説を書いてみることにしたのである。

世にタイムリープ作品は沢山あり、名作も少なくない筈だが、幸いにして私は余り読んだり観たりしていなかった。よほど強靭な精神の持ち主でない限り、これから自分が書こうとする分野の名作には極力無知でいた方がよいというのが、私が経験上身に付けた浅はかな創作上の知恵である。なぜなら、名作などを読んでしまうといっぺんに吹っ飛ばされるに決まっているからだ（ちなみに、もし事前に筒井康隆氏の「驚愕の荒野」を読んでいたとすれば、私はデビュー作の「クチュクチュバーン」を書かなかったろうと思う。名作の上に屋を重ねる必要が一体どこにあろうか。勿論『時をかける少女』も未読中の未読である。とにかく筒井先生は鬼門なのだ）。即ち、無知とは強さなのである。しかし、「だからお前は駄目なんだ」という声が聞こえてくる気がしないでもない。

今回、文庫化に当たって久し振りに読み返したが、私はタイムリープものを余り読んだことがないせいか、時空を行ったり来たりする内に少し頭がこんがらがってしまった。で、一読者としては、ちょっと解説めいたものが欲しい感じである。というわけで、読み終えて少し混乱している読者のために七粒の錠剤による七回のタイムリープについて簡単に整理しておこうと思う（本屋で立ち読みをしている君は、ここから先を読む前にレジで支払いを済ませてきて下さい）。

①【七粒の内の一粒を飲み一回目の十年前へ】

主人公の江川浩一は四十四歳の五月半ばに、縄首という町の「縄首飯店」で七粒の錠剤を見付け、文学的動機から、その内の一つを「八大旅館」の一室で飲む。そして彼は「元の世界」から十年前の二月十四日へとタイムリープする。江川浩一は浮気心を出し、十年前の世界では妻の淑子を選ばなかった。記憶を頼りにデビュー作のゲイ文学「轟沈」を書くが文学賞に落選。他人の作品『ブラック・キングダム』を模した同名小説を書いてベストセラーとなり、憧れの亜美子と結婚する。「お化けアパート」での淑子との逢瀬が亜美子に見付かり、以後淑子は行方をくらます。テロなどはなく平和な世の中で、津波の時期もずれていて、ここが「元の世界」とは別の世界であることが分かる。

②【六粒の内の一粒を飲み二回目の十年前へ】

「縄首飯店」で六粒の錠剤を見付け、その内の一粒を飲む。家に戻って亜美子の前で昏倒。江川浩一は再び十年前にタイムリープする。淑子と会うが、しかし今回は彼女から愛の証であるチョコを手渡して貰えなかった。小説は書けず、『ブラック・キングダム』は正しい作者に先を越される。この世界は前回とは一転、巨大テロや海外派兵が行われている不穏な情勢下にある。時間を遡るごとに、身体的ダメージがあると感じる。江川浩一は潜在的な欲望を顕在化させ、女として過ごす内に十年目の日を超える。女装してゲイの友人の車を運転中、人を撥ねて死なせてしまう。もう異世界はこりごりで、「元の世界」に戻りたいと彼は切望する。

③【五粒の内の一粒を飲み三回目の十年前へ】

「縄首飯店」で五粒の錠剤を見付け、その内の一粒を飲む。十年前に戻り、淑子や亜美子との接触を避け、新興宗教にはまり女に溺れる十年を過ごす。十年目に、女の運転する車が子供を撥ねるのを目撃する。

④【四粒の内の一粒を飲み四回目の十年前へ】

逃げるように「縄首飯店」に駆け込み、四錠の錠剤を見付け、その内の一粒を飲む。十年前に戻り、愚直な一工場労働者としての月日を過ごす。そして十年目に「八大旅館」で布団にしがみ付き、錠剤を飲まずに眠り込む。目を覚ますと彼は、四十年前の、最初の錠剤を飲む直前（即ち①の直前）の「八大旅館」の部屋にいる。「元の世界」に戻ったのである。彼は急いで帰宅して妻の淑子に会う。そして父を探して家を出たという息子の浩を探しに行き、嘗て女装した彼が人を撥ねたあの事故現場で、浩が女の運転する車に撥ねられて死んだことを知って衝撃を受ける。

⑤【三粒の内の一粒を飲み五回目の十年前へ】

「縄首飯店」で三粒の錠剤を見付け、その内の一粒を飲む。十年前に戻る。淑子に何度か言い寄るが、断られる。江川浩一は、十年目の日に錠剤を飲まなければ「元の世界」に戻ることが出来ると考えていた。浩を交通事故から救おうと事故現場で待ち構えたが、ついに浩も女の車も姿を現わさなかった。薬を飲まないだけでなく、眠らなければ「元の世界」に戻れないのだと悟り、「八大旅館」でうとうとするが結局失敗する。

⑥【二粒の内の一粒を飲み六回目の十年前へ】

「縄首飯店」で二粒の錠剤を見付ける。その時店に淑子が入ってくる。淑子はずっと彼のタイムリープの巻き添えを食っていたのであった。彼はもう一度十年前に戻って今度こそ浩を救いたいと言うが、淑子はもう繰り返すのは嫌だと言う。それを振り切って、江川浩一は一粒を飲んで十年前に戻る。十年間が過ぎた日、江川浩一は興奮して眠れず「元の世界」に戻ることに失敗する。

⑦【最後の一粒を飲み七回目の十年前へ】

「縄首飯店」の前の歩道に落ちていた一粒の錠剤を見付け、飲む。そばにやって来た淑子に「これで最後だ」と言う。最後の十年間を、縄首の労働者として過ごす。十年後、もう「縄首飯店」に錠剤は落ちていない。「八大旅館」で寝て目を覚ますと、「元の世界」に戻っている。七十年前と同じ部屋。事故現場に急ぐとそこには既にタイヤ痕と血痕があった。家に戻ると弟の誠司に、淑子が意識不明で病院に運ばれたと知らされる。淑子はその日の夕方、度重なるタイムリープのダメージからと思われる多臓器不全で死ぬ。浩の事故死も知らされて希望を失った江川浩一は仕事場で昏倒し、錠剤代わりに紙魚を食べ、死を意識しながらもう一回だけ十年間をやり直したいと子供のように祈る。

これを書いていて思ったのは、江川浩一はなぜ息子の死を最後まで救えなかったのかということである。作者は、幾らでも浩を救う手立てはあった筈なのに敢えて見殺しにしている。しかも彼がどうやったら息子の命を救えるのか、彼にも読者にも全く分からないように書いている。そもそも女装した江川浩一が息子の浩を車で撥ねたのは三回目の十年前の時であり、これは「元の世界」での出来事ではなく言ってみれば異界での出来事であった。従って、もし「元の世界」で浩が女装男の車に撥ねられたとすればそれは偶然そうなったということになるが、江川浩一はその運転手が自分だと確信している。タイムリープという設定に反して、この物語は一貫して、彼が自責の念に責め苛まれる方向へと不可逆的に展開していく。ここには、登場人物の理解出来ない一つの隠れた意思が働いているとしか思えない。それは言うまでもなく作者の意思である。作者は、息子を密かに馬鹿にしていた江川浩一を許せず、ならば自分の手で息子を殺してみろとけしかけたのだろうか。妻の淑子も全く救われない内に死んでしまう。何と身勝手で無慈悲な作者だろう。

江川浩一が淑子の死を脇田医師に告げた時、医師は「自分の意のままにならない無意味な人生の繰り返し」に淑子がとても辛そうだったと言った。それがタイムリープのことではなく自分との生活そのものだったと分かり、そして浩が父親の下劣な本質を見抜いていたと気付いた時、仕事場で倒れた彼は二度と起き上がれなくなる。最初の錠剤が毒薬であり、全ては、そのせいで死んでしまった江川浩一が一瞬の内に経巡った七十年間の夢だったのかも知れない。

この小説を書いていて一つ発見があった。

私は十八年の作家生活の中で十冊の小説本しか出していない寡作作家だが、しかしもし十八年前にタイムリープしたならば、この小説の主人公のように、私は自分の小説を精確に復元させることが出来ないだろうということである。つまり小説家にとって小説作品とは、自分で書いたものでありながら、自分のものではないような気がする何かなのだ。では一体小説とは誰の物なのだろうか。

二〇一一年の東日本大震災で一瞬にして津波に呑まれた多くの犠牲者達は、家族や大切な人にどうしても伝えたい言葉や思いを沢山抱えたまま無念の内に亡くなった筈である。彼らは天に昇り、巨大な渦となって、今も我々の遥か上空でぐるぐると回っているような気がする。そして、自分達の言葉や思いを託すことが出来る誰かを探しているのではないだろうか。小説家に限らず全ての表現者は、そんな言葉や思いを預かる者として存在するからこそ、その作品は個人の物というより、どこまでも預かり物という性質を帯びるのではないか思う。それは出会いの産物であり、一期一会の結果であり、その時でなければ書けないものなのであるからこそ二度焼き不能なのである。

人生もこれと同じかも知れない。

我々にはどんな時も必ず誰かと関り合って生きている。従って、自分の人生だと思っているものは、実は他者との間に張り巡らされた巨大な網の小さな結び目の一つに過ぎないのかも知れない。タイムリープをしてどんなに自分の思い通りにやり直そうとしても、そこには必ず他者がいて、自分の言動に対して何らかのリアクションを返してくる。もし全てを自分の思い通りにしようとすれば、自分のみならず網全体を刻々と編み直さねばならず、即ち他者の行動の全てをコントロールしなければならなくなるに違いない。しかしそんなことは余りに煩雑で、神の身でもなければとても不可能である。小説にとって神である作者ですらそんな面倒臭いことは真っ平であり、主人公の思い通りにならない展開という最も労力の少ない方向へと否応なく流れてしまった。江口浩一はどこまでも小物で決して大悪党ではないが、こんな一介の愚か者の為に世界全体を変えてしまうなどということはとても出来ない。

奇跡とは、絶対に起こらないからこそ奇跡なのである。

最後に少し舞台裏を明かしておくと、縄首は大阪の西成区の新世界界隈で、飛魚食品組合は女郎屋街の飛田のことである。実際に私はデビュー前後の頃、小説が書けなくなると一泊千二百円の新世界のドヤに投宿していたことがあった。その日は、通天閣の下の中華料理屋「王将」で拾った正体不明のカプセルを飲むつもりで、ドヤの部屋で先輩作家で職場の同僚だった三咲光郎氏に遺書めいた手紙を書き、トリスのポケット瓶のウィスキーで喉に流し込んで眠りに就いた。酔いが回るにつれ、本気で死ぬかも知れないと思う瞬間があり激しく後悔したが、まあそんなことはあるまいという楽観と睡魔が勝った。次の日は何ともなく目覚め、ドヤを出て本屋で調べてみると、どうやらカプセルは皮膚病の薬だったらしいと分かって拍子抜けした。とにかく小説家というものは、小説が書けるならどんなことでもするというようなところがあって危険である。しかしそんな馬鹿なことをやっているうちは、大切な言葉は決して託されないのだ。そもそもが演技であり、本気ではないからである。しかしそんな馬鹿なことをやっている内に本当に周囲を困らせ、やがて自分も追い詰められて深い淵の底へ転落していくような目に遭って初めて、昔の破滅型の私小説作家がそうであったように、何か万人の心に響くような言葉がふっと出てくる瞬間があるのかも知れない。

しかしそれは払った犠牲に対する費用対効果が大変低く、寧ろ大損する場合が少なくないことは往年の文士達の数々の実例によって証明済みのことであるから、うっかり近付かないに越したことはない。

私はせいぜい小説の中で不貞や悪行を重ねるだけだが、それすら、作者によって酷い扱いを受けた登場人物達からいずれ手痛いしっぺ返しを食らうに違いないと観念している。

吉村萬壱

この作品は2017年9月徳間書店より刊行されました。
なお、本作品はフィクションであり実在の個人・団体などとは一切関係がありません。

徳間文庫

回遊人（かいゆうびと）

2020年1月15日 初刷

著者 吉村萬壱（よしむらまんいち）

発行者 平野健一

発行所 株式会社徳間書店

東京都品川区上大崎三―一―一
目黒セントラルスクエア 〒141―8202

電話 編集〇三（五四〇三）四三四九
販売〇四九（二九三）五五二一

振替 〇〇一四〇―〇―四四三九二

印刷
製本 大日本印刷株式会社

ISBN978-4-19-894530-5 （乱丁、落丁本はお取りかえいたします）

徳間文庫の好評既刊

吉村萬壱

ヤイトスエッド

近所に憧れの老作家・坂下宙ぅ吉が引っ越してきた。私は宙ぅ吉のデビュー作「三つ編み腋毛」を再読する。そして少しでも彼に近付きたいという思いを強くして――「イナセ一戸建」を含む六篇のほか、文庫版特別書下しとして、作中登場する坂下宙ぅ吉のデビュー作「三つ編み腋毛（抄）」を収録した全七篇。淫靡な芳香を放つ狂気を描く、幻の短篇集が待望の文庫化。